MALDITO AMOR

NUEVA NARRATIVA HISPÁNICA

JOAQUÍN MORTIZ • MÉXICO

ROSARIO FERRÉ

Maldito amor

SEGUIDO DE
El regalo
Isolda en el espejo
La extraña muerte del capitancito Candelario

agosto 18, '86

Para Arcadio y Alma —
Con el cariño de
siempre — su amiga de
muchos años,

Rosario

PORTADA: RICARDO NORIEGA
Y JORGE PABLO DE AGUINACO
CONTRAPORTADA: FOTOGRAFÍA DE LA AUTORA,
LILIANA RAMOS

Primera edición, abril de 1986
D.R. © Editorial Joaquín Mortiz, S.A. de C.V.
Grupo Editorial Planeta
Tabasco 106, Col. Roma
06700 México, D.F.

ISBN 968-27-0202-X

*A Gautier y
a Morel, en Puerto Rico*

*A Ángel y a Marta,
en Colombia*

I. MALDITO AMOR

Es hielo abrasador, es fuego helado,
es herida que duele y no se siente,
es un soñado bien, un mal presente
es un breve descanso muy cansado.

FRANCISCO DE QUEVEDO

Perla que el mar de entre su concha arranca
al agitar sus ondas placenteras,
garza dormida entre la espuma blanca
del níveo cinturón de tus riberas.

JOSÉ GAUTIER BENÍTEZ

I. GUAMANÍ

"En el pasado los guamaneños nos sentíamos orgullosos de nuestro pueblo y de nuestro valle. Desde los riscos almagrados que se deshacen en llanto a nuestro alrededor todos los días a las tres de la tarde, cuando cae el aguacero de rigor, nos gustaba contemplar, terminadas ya las labores de subsistencia del día, el correr de las nubes de pecho de paloma por sobre las calles meticulosamente limpias de nuestra población. Los habitantes de Guamaní amábamos nuestro pueblo y lo considerábamos, con razón, el pueblo más hermoso del mundo.

Guamaní se encuentra ubicado en la costa occidental de la isla, sobre un pequeño montículo a cuyos pies se despliega una sabana de aluvión que constituye uno de los valles más fértiles del mundo. Nuestro pueblo vivía, a fines del siglo pasado, de la producción de azúcar de una docena de pequeñas centrales situadas a su alrededor. Pero la caña no era el único producto que lo sostenía. En nuestras talas, como en los ingenuos Paraísos del aduanero Rousseau, crecían también pródigamente la yautía morada y la dorada, la viequera y la vinola, la belembre y la barbada, tan cantada por Gonzalo Fernández de Oviedo en su *Historia Natural de las Indias*, y con la cual los guamaneños confeccionábamos nuestros famosos buñuelos de viento que se deshacían en la boca con estallidos de epicúrea risa; el ñame Náñigo, y el Farafanga, el Mussumba y el Tomboctú, manjares de reyes de medioluto que sembrábamos alegremente en nuestros huertos como quien siembra en medio del valle la pata de un mamut de nieve cubierto de burda piel; la yuca blanca y la lilácea, la Yucuba y la Tubaga, la Diacana y

9

la Nubaga, que amasábamos cantando en tortas de casabe, para perfumar nuestras casas con su halo místico; la yuca brava y la suicida, la violeta y la traidora, cuyo zumo los guamaneños bebieron en el pasado para escapar a las torturas de los españoles y que ahora guardamos en frascos de cobalto al fondo de nuestros roperos para cualquier eventualidad; la batata blanca y la color flama, la amaranta que se dora al fuego y luego se come con miel; el misterioso jengibre de espadas verdes y el de llama púrpura, tan codiciados como afrodisíacos, cuyo comercio de contrabando nos permitió sobrevivir durante siglos, cuando los habitantes de la isla todos gritaban, desde las jarcias de los veleros, 'Dios me lleve al Perú'; el plátano amarillo y el verde, el Mafafo y el Malango, el oronoés y el plátanoes, Monarca indiscutible de nuestra mesa y tan padre del pionono beatífico como del mofongo infiel, del tostón y la empanada, así como de la alcapurria, apetitosa reina mozárabe envuelta en su almalafa de oro; la piña Paradisíaca y la Pan de Azúcar, la Yayama y la Yayagua, reina suprema de Guamaní, llamada piña por los españoles en pura y descarada venganza, por no haber nacido en sus tierras y asemejarse al piñón lo mismo que el pato al ánade; el aguacete de Persia y el panapén de Malaya; la guayabita madura y la flor de la verde verde, la que le dijo en 'guameño' a su cónyuge y media naranja: 'el hombre cuando es celoso, se acuesta pero no duerme'.

Y no era sólo la feracidad de nuestro valle lo que nos llenaba de orgullo y de felicidad. La gente bien vivía en casas elegantes, con medios puntos de abanicos de encaje tallados sobre las puertas, balcones de ánforas de mármol y pisos burilados en losa elegante de dominó. En aquella época los guamaneños de buena cepa éramos todos como una gran familia: nos apoyábamos en nuestra lucha diaria por hacer producir al máximo nuestras haciendas, nuestros hijos estudiaban en Europa y nuestras hijas aprendían las virtudes excelsas de la maternidad. Nuestras actividades culturales y sociales eran siempre del más acerado buen gusto: no se toleraba nada vulgar, mediocre ni chabacano, y asistíamos puntualmente a los recitales de la Patti, de la Duse y de Ana Pavlova, que visitaban periódicamente el Ateneo de Guamaní. En nuestros bailes y celebraciones, se tocaba sólo música refinada, que alimentara nuestro sentido estético, y nuestras hijas giraban bajo los cielos tachonados de estrellas de nuestras noches tropicales como evanescentes gardenias de gasa que se deslizaban sobre las aguas del Danubio Azul. Era, en fin, un mundo bello e ingenuo, y así lo describe en sus poemas nuestro Gran Gautier, así lo canta en sus danzas nuestro Gran Morel. Mundo de trabajo arduo y de placeres sencillos, de paseos en velero por Ensenada Honda, pasadías a las azules montañas cercanas y danzas bailadas siempre a la sombra melancólica de un pino. Mundo feliz, aunque pobre y atrasado, en el cual se rechazaba, como si se tratara de una afrenta imperdonable a la dignidad humana, todo lo que no fuera noble, elevado y bello.

Hoy todo esto ha cambiado. Lejos de ser un Paraíso, nuestro pueblo se ha convertido en un enorme embudo por el cual se vierte noche y día hacia Norteamérica el aterrador remolino de azúcar que vomita la Central Ejemplo".

II. LAS BODAS

"Las bodas entre Doña Elvira De la Valle (conocida también como Doña Elvira de las cuatro De's: Del Roble, De la Cerda, De la Valle y De Juan Ponce de León) y Don Julio Font, tomaron lugar poco después del regreso de Doña Elvira de sus estudios en Europa.

Hija única, Doña Elvira fue cuidadosamente educada en París, donde adquirió gustos muy refinados. Huérfana de padre y madre a temprana edad, fue enviada allí por sus tías, Doña Emilia y Doña Estéfana, quienes la criaron desde niña. Doña Elvira conoció a Don Julio, un español prestigioso, importador de aceite, granos y bacalao, en una exhibición de paso fino de Guamaní. Acababan los jueces de otorgarle el primer premio a la yegua de Don Julio, cuando ésta plantó las manos frente al templete del jurado, negándose a proseguir su camino. Don Julio, que hacía rato venía observando a Doña Elvira sentada en las gradas de los espectadores, descendió sin premura de su yegua y le retiró la moña de seda que acababan de colocarle los jueces en el arnés de la frontalera. —Aquí no hay más que una ganadora, señores, y Piel Canela lo sabe —dijo en voz alta para que todos lo oyeran, y, acercándose a donde estaba Doña Elvira, le ofreció la cinta, rogándole que se la guardara hasta que le reclamara el favor. El enamoramiento de la pobre Doña Elvira fue fulminante: el asedio frontal y sin aderezos del comerciante, tan distinto a los tímidos piropos que estaba acostumbrada a recibir de los guamaneños, la conquistó de inmediato. Don Julio había nacido en una aldea ganadera de Lérida, y su enorme cuello de toro, así como su pecho de fleje y empaque, tan distintos a los empalagosos refinamientos de sus pretendientes, le resultaban muy atractivos. Rodeada por las risas y bromas de sus compañeras, Doña Elvira aceptó el lazo color añil y regresó como en un sueño a su casa.

Transportada en su embeleso, deambuló durante semanas enteras por pasillos y salones, soñando con los ojos dorados de Don Julio, y retornando a la vida únicamente cuando se sentaba al piano a tocar sus danzas. Entre éstas había una por la cual sentía especial predilección: la danza Maldito Amor. Después de conocer a Don Julio, la tocaba por lo menos diez veces al día,

derramando sus quejumbrosos acordes por balcones
y por tapias:

Ya tu amor / es un pájaro sin voz
ya tu amor / se perdió en mi corazón
no sé por qué / me marchita tu pasión
y por qué no ardió.

Consternadas ante el estado anímico de su sobrina,
Doña Emilia y Doña Estéfana invitaron a Don Julio a
venir a la casa. Fervientes defensoras del amor conyugal
y sus conveniencias, alcahuetearon desde un principio
el casorio, y no pasaron dos meses antes de que se fijara
fecha para la boda. Don Julio, además de bien parecido,
era un hombre trabajador, que podía llegar a ser algún
día un buen administrador de la Central Justicia. Ambas
ancianas dependían de las rentas de la Central para su
subsistencia, y les preocupaba que la empresa llevara ya
tantos años sin un hombre a la cabeza.

Don Julio se tomó muy a pecho aquello de ser administrador de la Central Justicia. Celebrada la boda, insistió en abandonar de inmediato la casa que los De la
Valle tenían en el pueblo, para irse a vivir con Doña
Elvira a la Central.

—El que tiene hacienda que la atienda y si no que
la venda —le dijo a su mujer en tono de burla, al escuchar sus quejas luego de su decisión. Él no era de aquellos señoritingos que se quedaban a vivir en el pueblo, y
quería supervisar personalmente la zafra y el rompi-
miento de la molienda.

Elvira se despidió de sus tías y acató sin chistar la
voluntad de su marido dedicándose en cuerpo y alma a
las labores de la Central. Era una mujer de talla menuda
y constitución delicada, pero tenía un alma apasionada.
Una vez comprobado que se quedarían a vivir definitivamente en el campo, le dijo a su marido:

13

—Te he complacido en todo; ahora devuélveme tú a mí el favor. Quiero arreglar esta casa, para que no me sienta que estoy viviendo en los fondillos del mundo.

El caserón era, en efecto, muy antiguo, y carecía de las facilidades higiénicas más elementales. No había servicio sanitario y las necesidades biológicas se hacían en una curiosa letrina aérea, ubicada al fondo de la galería de balaustres que daba al cañaveral. Rodeada de persianas verdes que le daban privacidad, había sido construida para los De la Valle por un arquitecto francés, hacía más de cien años.

—No sé por qué te quejas —le dijo Don Julio riendo mientras inspeccionaron juntos la curiosa caja de sándalo con tapadera de nácar—. Es una letrina muy aristocrática, y, después de todo, cagar sobre el cañaveral, abandonando el culo a las perfumadas brisas tropicales mientras se abonan las siembras, no deja de tener su encanto.

Doña Elvira apretó los labios y regresó a sus labores domésticas sumida en un silencio agrio. A los pocos días volvió a insistir, mientras se balconeaba en su sillón junto a su marido, en una de las galerías de la casa. Necesitaba un bidet y un lavamanos, le dijo, así como una regadera que le permitiera bañarse diariamente. Le daba vergüenza invitar a sus amigas a venir allí a visitarla, cuando ni siquiera había una tina con pata de grifo donde uno pudiera bañarse como Dios manda.

Don Julio, sin embargo, le prestaba cada vez menos caso a los ruegos de su mujer.

—Vivimos como reyes y no te das cuenta —le decía—. En las tierras de allá se vive con muchas más privaciones. Además, me consta por experiencia que la carencia y el sacrificio son buenos para la salud del alma. Es por esto que las llamadas gentes de condición, entre las cuales tienes tus amistades, terminan todas ablandadas por el lujo y la indolencia, expertos en arte, música y literatura, mientras dejan dilapidar su herencia.

14

Como resultado de aquella actitud de Don Julio, la pobre Doña Elvira se vio obligada a seguir cocinando en fogones de carbón, a alumbrarse con palmatorias de aceite y deslomarse las espaldas subiendo el agua a la casa en enormes latones de manteca.

Un día Don Julio decidió que era necesario incrementar la producción de azúcar de la Central y ordenó que, en cada solar baldío, en cada huerto o conuco en los que antes los peones cultivaban su propio sustento, se sembrara más caña. Había sido costumbre de los antiguos dueños de la Justicia permitirle a los jornaleros el uso de las fincas más alejadas y salitrosas del feudo, en las cuales estos últimos engordaban y pastaban sus bestias, sembrando sus cosechas y sus viandas. Los De la Valle habían vivido siempre como condes, pero se las habían arreglado para retener, gracias a gestos como éste, la devoción absoluta de su servidumbre aun en las peores crisis. Asistían a más de esto infaliblemente a todos los entierros, bodas y bautizos de la peonada, rodeados por un halo de señoría y dispendiando siempre entre ellos generosamente sus aguinaldos.

El día que Doña Elvira se enteró de que, por orden de Don Julio, a los peones les habían arrebatado sus tierras, fue a buscar a su marido a los sótanos de la casa, donde se encontraba la caja fuerte Humboldt que éste se había mandado a hacer a Alemania. Tuvo que tocar varias veces antes de hacerse oír. Los muros de la bóveda eran de varios brazos de espesor, y la puerta de acero macizo.

—Los De la Valle hemos sido siempre estancieros, pero nunca negreros —le dijo Doña Elvira cuando por fin su marido le abrió la puerta—. Por ser tan miserable, acabarás por ahogarnos a todos en un océano de caña.

Don Julio la miró con sorpresa, rodeado por el vaho helado de los talegos hacinados a sus espaldas. No permitía que nadie lo interrumpiera cuando se encerraba allí. Pensó que tenía que tener paciencia, porque las yeguas de paso fino tenían siempre su temperamento, y esperó varios minutos antes de contestarle a su mujer.

—No tengo la culpa de que en este país de bacinilla llueva todos los días a las tres de la tarde, Elvirita —le dijo con una sonrisa—. Las lluvias me están causando muchas pérdidas, y a Dios no voy a poder cobrarle los intereses.

Convencida de que su marido tenía un codo de hierro, Doña Elvira regresó a la cocina, pero no pasaron muchos días antes de que volviera a enfrentársele. A Don Calixto Díaz, un negro que había sido esclavo de su padre, se le había quedado el brazo empotrado en los piñones de las masas, y los peones habían acudido una vez más a sus habitaciones en busca de auxilio. Con las faldas arremangadas hasta las rodillas, Doña Elvira cruzó corriendo el terraplén fangoso que separaba la casa de los galpones de las máquinas y entró al barracón del molino. Cuando llegó donde el negro, la sangre se le escurría lentamente por el codo, tiñendo de rojo el guarapo verdinegro que hervía al fondo de la paila, pero Doña Elvira no perdió en ningún momento su presencia de ánimo. Ordenó que se invirtiera la dirección de las masas y ayudó personalmente a extraer el brazo triturado del peón de su estrangulamiento de hierro.

Aquella noche, no bien hubo Doña Elvira terminado de rezar el rosario y tendida ya junto a su marido sobre las sábanas de holanda de la Catedral, le dijo: —Si no puedes devolverle a ese hombre su brazo, al menos haz que por el resto de su vida se le pague una renta. —Y añadió que el accidente había sido culpa suya, por dejar a Don Casildo, que era un hombre mayor, a cargo del funcionamiento de las masas. Se hizo un silencio profundo en la habitación, y el cielorraso de encaje, mecido por la brisa de la noche, se balanceó varias veces sobre la pareja, como si estuviese a punto de dormirse en paz. Pero Don Julio venía hacía meses hilando fino, y tocó

16

en aquel momento el límite de su paciencia. Se incorporó sobre sus almohadones y encendió la palmatoria de aceite que yacía junto a él en la mesita de luz.

—Ahora sé que la virgen María se apellidaba también De la Valle —le dijo temblando de ira antes de asestarle el primer golpe—. En esta casa las mujeres hablan cuando las gallinas mean, y te prohíbo que en adelante vuelvas a meter las narices en lo que no te importa. —Y mientras seguía golpeándola a diestra y siniestra, aseguraba que tan negreros habían sido los De la Valle como el resto de los hacendados de la comarca, y que estaba loca si pensaba que era regalándoles onzas de oro a los negros que las señoritas bien llegaban a cagar en letrinas augustas y a bañarse en piletas de mármol legítimo con pata de samotracia.

Agobiada por aquel maltrato, Doña Elvira cesó poco después sus actividades en la hacienda. Abandonó las labores domésticas y se hundió en un silencio de niebla, saliendo de él sólo para cantar Maldito Amor en el piano. Don Julio, por su parte, se entregó cada vez con mayor ahínco a sus labores de la Central. Cansado de tomar sus alimentos en silencio, en presencia de aquella mujer de ojeras colgadas a los ojos como aldabas violáceas, comenzó a sentar a la mesa a sus capataces y a sus mayorales, con los cuales compartía sus innumerables canecas de pitorro y ron cañita, así como sus groseras bromas y sus chanzas.

Doña Elvira acababa de dar a luz a Ubaldino De la Valle, nuestro egregio prócer, y guardaba aún en cama los cuarenta días de San Gerardo, cuando la Justicia se vio arrasada por uno de los huracanes más temibles del siglo. Requebrajado el cielo en una hecatombe de agua, la familia se vio obligada a refugiarse en los sótanos infestados de miasmas de la casa, en lo que amainaba la furia del viento. Permaneció allí durante casi un mes, mientras la Justicia ardía por sus cuatro costados como una sucursal del infierno. Don Julio no encontraba nunca tiempo de reponer la enorme osamenta de ausubo del techo, que, levantada como un sombrero gigante por el revirón, había ido a parar a veinte millas de distancia, porque se encontraba demasiado ocupado supervisando la quema de las siembras, antes de que éstas las pudrieran las inundaciones de fango. Tendida en su catre del sótano y obligada a beber las aguas revueltas del manantial, Doña Elvira cayo víctima del tifus negro y murió poco después, clamando inútilmente por la extrema unción. Fue así como Ubaldino De la Valle, nuestro prócer patrio, quedó abandonado a los pocos meses de nacido en brazos de su nodriza, Doña Encarnación Rivera, quien lo amamantó y luego lo crió hasta su adolescencia".

III. LA CONSULTA

Sí, Señor, hace cinco años que el Niño Ubaldino nos prometió que nos iba a regalar la casita de tablones y techo de zinc en que hemos vivido siempre, desde que Néstor y yo entramos a trabajar a su servicio, y por eso me he atrevido a venir hoy aquí, Don Hermenegildo, a visitarlo en su consultorio de Guamaní. Usted fue siempre muy amigo del Niño, y muchas fueron las veces que tuve el gusto de servirle su poco de café recién colao con su carajillo adentro, y fue siempre muy cortés y muy civil conmigo. Fue Néstor quien vio su nombre en el letrero pintado sobre la puerta del despacho, hace cerca de una semana, cuando tuvo que venir al pueblo a hacer la compra. Debió pasar mil veces frente a esta misma puerta sin leer lo que decía: Don Hermenegildo Martínez, abogado notario. Pero esta semana vio el segundo letrero: Presidente de la Asociación de Jinetes de Paso Fino, colgado junto al primero sobre la puerta, y esto lo convenció de que en efecto era Usted, Don Hermenegildo Martínez el de antes, el amigo del Niño. Insistió entonces en que viniera a verlo, y yo por fin lo he complacido, porque tengo un recuerdo simpático de su cara siempre sonreída, cuando yo le servía su café, o cuando lo escuchaba hablando con el Niño del empadronamiento de las yeguas y de los potros, pero le confieso que venir a verlo, después de todo, no me salió de muy adentro, porque los blancos, por más simpáticos que sean, siempre son blancos, y entre ellos se entienden.

Usted sabe lo generosísimo que era el Niño Ubaldino, y no le extrañará que, antes de morir, nos prometiera a mi hermano y a mí la casita de balcones y techo de zinc en la cual hemos vivido al fondo del patio durante más de cuarenta años. La Señora Laura, poco después de morir el Niño, nos prometió que, al morir ella, nos cumpliría su promesa, que en todo ella respeta la palabra del difunto, y así hemos esperado pacientemente cinco años a que a ella le llegara también el momento de pasar a mejor vida, y ahora no nos vamos a quedar con la carabina de Ambrosio al hombro, no señor, no nos vamos a quedar con la carabina de Ambrosio al hombro así tan fácilmente.

Todavía me parece estarlas viendo cuando salieron por la puerta, las cuatro hermanas con sus maridos en un solo enjambre y Arístides a la zaga, llorando a voz en cuello que no regresarían jamás después de aquella injusticia que les habían hecho mientras bajaban gritando las escaleras, pisoteando con prisa los tallos de las begonias y quebrando de ira los arbustos de mirto que perfumaban la entrada de la casa, montándose en sus limusinas negras y cerrando con furia las puertas de los carros para que la Señora pudiera oírlos desde la sala pero ella no podía oírlos, ella no oía nada ya, la pobre, desfallecida de llanto como estaba sobre el brazo de la Señora

Gloria. Todavía me parece estarlas viendo, sí Señor, a las cuatro hermanas y a esa perla de hermano, arrancándose de raíz las greñas por encima del ataúd abierto mientras con las uñas se abrían surcos por las mejillas y por la frente a la par que clamaban justicia, el padre aún de cuerpo presente en la sala mirándolos a todos con esa impasibilidad que nunca tuvo en vida pero que la muerte fue esparciendo poco a poco sobre su cara según se fue adueñando de él. Porque en esta casa nadie se muere de golpe, Don Hermenegildo, sino poco a poco; no es sino mucho antes de muerto que la gente se va muriendo.

Y díganoslo a nosotros, a Néstor y a mí, que durante cinco años hemos tenido que poner todas las noches el plato del Niño Ubaldino a la cabecera de la mesa, tal y como si el difunto fuera a sentarse a comer y a conversar con ellas. Por eso, a la hora de la cena, Néstor y yo tenemos un cuidado infinito al servir la mesa: levantamos las jarras de cristal por encima de los hombros de las señoras, enfundadas de raso negro o violeta, medimos con infinito cuidado la cantidad necesaria de gallina en pepitoria o de langosta engabanada en mayonesa al fondo de las fuentes para que rinda, para que sea suficiente al apetito saludable de tres comensales. Por eso, al pasar junto a la silla tallada con la armadura del caballero medieval en la que el Niño se sentó siempre a la hora de la cena, tenemos un cuidado inmenso de no inclinarnos demasiado hacia adelante, porque los cuerpos de los grandes hombres, al igual que los troncos de los árboles, siguen ocupando su espacio aún después de cortados durante muchos años.

Tantos años de servicio, dígame Usted, tantos años de estar preocupándonos por la Señora Laura, por la única razón de que en su lecho de muerte él nos la había encargado. —Ocúpense de Laurita —nos dijo— no me la dejen sola cuando yo falte—. Y lo que nos ha costado esa promesa, Don Hermenegildo, lo que nos ha costado. No se puede Usted imaginar la cantidad de señoras sonsacadoras de Guamaní a las que les hemos dicho que no, que aunque nos ofreciesen todo el oro que cagó el moro y toda la plata que cagó la gata jamás dejaríamos sola a Doña Laurita, porque a causa de ella hicimos una promesa de muerto y a los muertos no se les traiciona, los pobres, porque se quedan tan indefensos. Y lo que vinimos a contarle no hubiese sucedido de estar ahora vivo el Niño Ubaldino, eso se lo aseguramos, porque en el Niño sí que se podía confiar, y de vivir él no tendría Titina que estar aquí, hablando con Usted en estos momentos. Niño Ubaldino le decíamos porque había mamado leche de negra, sí Señor, que el Niño creció prendido de la teta de nuestra madre, Doña Encarnación Rivera, esclava liberta. Si hasta de su plato, de su propia cuchara de plata, me daba a probar el helado de huevo que era su postre preferido, pruebe, Titina, para que vea a lo que sabe la gloria, pruebe un sorbito de cielo batido para que vea por qué la quiero tanto. Por eso nos hemos quedado en la casa, al servicio de la familia durante cuarenta años, recibiendo un sueldo de miseria, aunque, claro, pensando siempre en que algún día se nos cumpliría la promesa, y seríamos dueños, mi hermano Néstor y yo, del techo de esa casa que ahora peligra sobre nuestras cabezas. En realidad, fue al servicio del Niño Ubaldino y no de la Señora Laura que entramos a trabajar Néstor y yo, aunque estos últimos cinco años es cierto que hemos estado exclusivamente pendientes de la Señora Laura, más por serle leales al Niño que desde la tumba nos la encomendó; más por hacerle el favor a él, digo, que por hacerle el favor a ella, que bien sabe él Señor que la conoce desde hace años que trabajar con la Señora Laura no es ninguna bicoca, no Señor, no es ningún boccato di cardinale. Antes de llegar nosotros a la casa el Niño se estaba volviendo loco porque a causa del mal genio de Doña Laura aquí no duraba nadie. Él se las pasaba en su Pontiac blanco perla todo el tiempo para arriba y para abajo por los caseríos y los arrabales buscándole cocinera y sirvienta, y ni por ser él, que todo el mundo lo adoraba, ni por lo mucho que lo querían se venían a trabajar a la casa.

Tanto limpiar durante años habitaciones vacías, tanto sacudir alfombras y tender sábanas limpias en camas en las que nadie iba a dormir, pero por si acaso esta noche viene la Zebedea o la Eulalia, Titina, por si acaso a la Ofelia o a la Margarita se le ocurre pasar por aquí y venir a visitarnos, sabiendo que nadie iba a venir, que nadie iba a presentarse porque desde hace cinco años, desde la muerte del Niño Ubaldino, ninguno de ellos ha vuelto a pisar la casa. Llaman por teléfono, eso sí, para ver cómo estás, mamita querida, para saber cómo te sientes. Porque las hijas, desde que murió el padre y supieron que él las había desheredado a todas, y que su madre había estado de acuerdo, en realidad para lo único que llaman es para saber si la vieja todavía no ha tronado, si todavía no ha estirado la pata. Pero de venir a verla, de venir a visitarla, eso ni pensarlo, el diablo les sirva el gusto y con su pan se lo coman, hambreada de cariño como la tienen. Y la peor de todas es la Margarita porque ésa, desde que se casó con Don Augusto Arzuaga y se fue a vivir a Santa Cruz, ni llama, ni escribe, ni respinga por los centros espiritistas. Porque ella ahora ya no se llama la Niña Margarita, sino Doña Margarita, y, como es millonaria por derecho propio, se pasa el dinero de los De la Valle por donde no le da el sol.

Cuando la señora amaneció hoy más mala que de costumbre, Don Hermenegildo, Néstor y yo llamamos corriendo al doctor, que vino enseguida a verla. Tendimos luego sobre la mesa el mantel de encaje de Venecia, el que sólo se saca en grandes ocasiones, porque estábamos seguros de que hoy todos vendrían, y así mismo fue. Al poco rato sonó el timbre y entraron a la casa todos en fila, para sentarse a la mesa y pedir de inmediato que les sirvieran de beber. Allí los dejamos reunidos, a las cuatro hermanas y al heimano menor, bebiendo café en tazas de limoges doradas y refrescos en copas de baccarat, y tan embebidos en sus discusiones que ni cuenta se han dado de que no estoy en la casa.

Perdone que le exprese así tan descaradamente mis opiniones, Don Hermenegildo, pero como he trabajado tantos años con la familia, me considero paite de ella. No es únicamente por lealtad al Niño Ubaldino que he venido hoy aquí, a velar porque se cumplan los deseos de ese muerto grande, sino porque estoy convencida de que los que en justicia deben ser favorecidos en el testamento de Doña Laura son la Señora Gloria y su hijo, el Niño Nicolasito. Cuando Don Nicolás murió, ella se quedó a vivir con sus suegros, cuidando de ellos día y noche, en lugar de irse, como hubiera podido hacerlo, a correntonear por el mundo. Desde la muerte de Nicolás, la única alegría de nuestra casa ha sido el Niño Nicolasito, que nos vino a visitar, como quien dice, como un ángel entre dos muertes. Nicolasito nació seis meses después de la muerte de su abuelo y unos once meses después de la muerte de su padre, y es seguramente por eso que la Señora Laura lo quiere tanto. Pero a pesar de todo lo que la Señora Gloria ha hecho por la Señora Laura, a pesar de haber vivido durante todos estos años cuidándola y acompañándola, ya Usted sabe en el pueblo cómo la tienen. Las malas lenguas la tienen pelada, y dicen que hasta que está loca, y que es y que correntona con los hombres. Imagínese cómo nadie puede decir semejante cosa sobre la Señora Gloria, que nunca se ha quitado el luto del Joven Nicolás, y anda llorándolo por la casa a todas horas, a pesar de que lleva ya casi cinco años de muerto. Por la mañana se va a oír misa, y a cualquiera se le aprieta el corazón de verla, vestida con su traje lila, su cartera lila, sus zapatos lila, y cuando llueve o hace demasiado sol abre su sombrilla de seda lila y se va caminando, tan triste siempre, por la orillita de la playa hasta llegar al pueblo. Pero en este pueblo perder la reputación quiere decir perder el crédito, sí señor, Usted sabe que eso es lo que quiere decir, y por eso ellos, las hijas y Don Arístides, andan repitiendo eso por ahí, porque lo que quieren es quitarle a la Señora Gloria lo que le toca, y ella, como anda siempre en su mundo, ni se entera de lo que sus parientes andan tramando.

Cómo va a ser cierto lo que ellas y el hermano dicen de la Señora Gloria, si nosotros somos testigos de que todo el día se la pasa pensando en el bien que Dios le quitó, hablando del Joven Nicolás a todas horas y con el primero que encuentra. A la verdad que cada vez que pienso en la mala suerte de las señoras en los últimos seis años, se me inundan los ojos de lágrimas. Fíjese nomás en cómo acabó el pobre Nicolás, tan poco tiempo antes de la muerte del padre, y como si la desgracia se diera agradecida la mano con la desgracia. Nosotros los pobres no esperamos ya nada de la vida y por ellos no nos asusta la muerte, estamos acostumbrados a verle la cara a la parca, eso se lo aseguro, Don Hermenegildo. Pero esa muerte sí que no nos la esperábamos, esa manera tan espeluznante de morir. Todavía me da risa acordarme de aquel entierro, si no es porque el recuerdo me viene parejo con el de la pobre Señora Gloria, que en esas cosas uno no puede tirar del hilo sin que se le venga encima la madeja completa. Porque tan innecesario y ridículo fue aquel sepelio bajando las jaldas de la montaña, con tanta corona encerada en papel celofán esmeralda, tanto ataúd vacío y tanto monaguillo rebozado en encajes y recitando jaculatorias imberbes, como fue la desesperación de la pobre Señora Laura, aquel arrojarse a gritos sobre el ataúd vacío, maldiciendo el Destino y buscando algún zapato o algún mechón de pelo que los rescatadores hubiesen encontrado perdido entre los árboles; como si el cuerpo del Joven Nicolás hubiese sido estasajado y repartido a los cuatro vientos por nada, cuando todo el mundo sabe que aquella tragedia no tomó lugar a causa de un azar gratuito, sino que fue planeada y ejecutada por alguien, que tomó lugar definitivamente por algo.

Le ruego que no me malinterprete, Don Hermenegildo, no se me escame ni se me ponga lívido por lo que le estoy contando. No he venido aquí a hacer acusaciones en balde ni a hacer correr más de la cuenta esa jauría de chismes que andan sueltos por el pueblo como perros realengos. La verdad es que, habiendo tenido la dicha de vivir junto al Joven Nicolás durante veinte años, y conociéndolo como lo conocíamos, teníamos que haber adivinado que estaba con nosotros nada más que de paso, que no se quedaría con nosotros por mucho tiempo. El padre se equivocó cuando pensó que aquel hijo podría llegar a ser, como él, un gran magnate de caña. Al Joven Nicolás lo único que le interesó en vida fue hacerle el bien al prójimo y recitar poemas; regalarle, como el hidalgo del cuento, la mitad de su gabán al pobre. Fue por eso que lo mataron, Don Hermenegildo, fue por eso que la avioneta de un solo motor en que viajaba a la Capital quedó despecharrada, reventada como un insecto inútil contra las jaldas de la montaña.

El Niño Ubaldino fue siempre un hombre digno, que se hubiese dejado cortar una mano antes de venderle una pulgada de tierra a los extranjeros. El Destino Manifiesto, la política del "garrote grande", el "American Army Mule", y hasta el jabón Palmolive y el cepillo de dientes, pasaron a formar parte del vocabulario de odio con que él imprecaba al cielo todas las mañanas, al cepillarse el pelo y los dientes frente al necessaire que yo le sostenía en alto para que se hiciera la toilette. Nunca pudo comprender por qué el Cristo del Gran Poder nos había enviado a aquellos extranjeros, más "jinchos que un corazón de palmillo en diciembre", a robarnos lo nuestro. Cuando las señoritas de la casa comenzaron a crecer y a casarse con los hijos de los dueños de la Central Ejemplo (todas menos la Señorita Margarita, por supuesto), el Niño estuvo postrado durante un mes de gravedad en cama. Que una cosa era defenderse de ellos con uñas y dientes, y otra era servirles el patrimonio en bandeja de plata, como me decía llorando mientras yo le brillaba las botas; que una cosa era invitarlos a comer comida nativa bajo un cielo estrellado, al son de la guitarra, el guícharo y el cuatro, como me decía suspirando al yo cepillarle las solapas de su traje albo, y otra cosa era servirles la carne del costado. Y cuando la Señorita Margarita se comprometió a su vez con Don Augusto Arzuaga, el magnate industrial de Santa Cruz, aquello fue el acábose, la gota de hiel que desbordó definitivamente el corazón del Niño. Había oído hablar mucho de Don Augusto, y sabía que era íntimo amigo de los norteamericanos. En todo el litoral se le admiraba por la habilidad con que se metía y se sacaba del bolsillo a los gringos, siempre para su provecho. Pero el Niño no lo admiraba; más bien lo despreciaba por ello.

Usted lo recordará bien, Don Hermenegildo, porque como amigo del Niño, estuvo presente en todas las bodas de las señoritas. Don Ubaldino por fin se repuso de su postración anímica: les celebró a todas las hijas reventón grande y les compró trousseau, les regaló cubiertos de plata y manteles y sábanas de holanda, y desde la cabecera de la mesa les siguió sonriendo, invitando a sus yernos a que lo acompañaran, como gran general que era, a pasar revista por entre las tropas de sus ejércitos verdes. Porque el Niño no iba a dejar que aquellos recién llegados le quitaran lo que tantos siglos de sudor le había costado, como me decía riendo mientras yo le servía su café, que para eso Doña Laura le había parido dos hijos machos, Don Arístides y Don Nicolás, que nos defendieran lo nuestro. Porque a los extranjeros, se les tiene de amigos y se les considera, como me decía riendo mientras yo le entregaba su carpeta y su sombrero, pero uno nunca les hace la cama, uno nunca se acuesta con ellos.

Por eso ahora, Don Hermenegildo, si ellas ya están completas y se acompañan, si cada una de ellas escogió como le vino en gana y decidió casarse con un abusador de la patria, no me explico qué es lo que han venido a buscar hoy a la casa, adonde nada se les ha perdido. Por qué han venido, el día sagrado de la agonía y muerte de Doña Laura, a profanar ese hogar donde la Señora Gloria, el Niño Nicolasito, Néstor y yo hemos vivido tan tranquilos durante los últimos cinco años en medio de nuestra tristeza, luego de la muerte del Niño. Por qué han venido hoy aquí, endilgadas de negro de pies a cabeza y zumbando como moscas alrededor de ese único hermano que les queda, sino para acabar por fin con la memoria del Niño, que bien dice el dicho "cría cuervos que te sacarán los ojos"; para qué han venido hoy aquí, dígame Usted, si no ha sido para rematar por fin al padre, para planear con Don Arístides la venta de la Central y de la casa nada menos que a los enemigos acérrimos de Don Ubaldino, a los dueños de la Ejemplo.

Y ahora que la Señora Laura está moribunda, nos hemos enterado de que ella quiere desheredar también a Don Arístides,que después de la muerte del Niño Nicolás quedó como único heredero de la Central Justicia. Doña Laura quiere dejarle todo lo que posee en el mundo a la Señora Gloria y al Niño Nicolasito, y ha escrito un testamento al respecto, y es por eso que hoy yo he venido a verlo. Don Arístides y sus hermanas van a hacer desaparecer ese testamento, y esta vez Néstor y yo no nos vamos a quedar con la carabina de Ambrosio al hombro, no señor, Don Hermenegildo, no nos vamos a quedar con la carabina de Ambrosio al hombro. En ese testamento, escrito de su puño y letra, Doña Laura no sólo le deja todo a la Señora Gloria y a Nicolasito, sino que cumple también con la promesa que el Niño Ubaldino nos hizo hace tantos años: la casita de tablones y techo de zinc al fondo del patio será de Néstor y mía. Es por eso que me he atrevido a venir a buscarlo, Don Hermenegildo, por eso estoy ahora aquí sentada en su oficina. Para que Usted sea testigo y se lo informe a Don Arístides y a sus cuatro hermanas: nosotros estamos seguros de que existe ese testamento.

Acaba de tomar lugar un suceso extraordinario. Me encontraba ayer trabajando en mi novela sobre Ubaldino De la Valle, nuestro ilustre prócer, cuando Titina Rivera, la criada sempiterna de esa familia, entró a la oficina y me hizo un relato que me dejó boquiabierto. Había escuchado alguna vez la historia de Gloria Camprubí en los bares del pueblo, narrada siempre por gente extraña y de poca confianza: los amores de Arístides De la Valle con ella y su decisión de traerla a vivir a casa de sus padres, bajo el pretexto de que era enfermera; el matrimonio escandaloso de Gloria y Nicolás y la muerte misteriosa de este último, pocos meses después de la boda. El suceso fue algo tan macabro (el ataúd semi-vacío, el cuerpo descuartizado, colgando en puro cuajo de los árboles) que las familias pudientes de Guamaní se apresuraron a olvidarlo, y en todos los círculos respetables, tanto en el Casino como en el Club Metropolitano y en la Logia Aurora, se le echó tierra al asunto. Se consideró de mal gusto hablar de la tragedia de los De la Valle máxime cuando aquello había afectado tanto a la pobre Laura y al pobre Ubaldino, y para quienes la vida tomó en adelante un cariz definitivamente lúgubre. Escuchar el relato hecho por una persona cercana a la familia, con todos sus detalles sórdidos, sin embargo, me afectó profundamente.

Éste no es, por supuesto, el primer asuntillo turbio en que se han visto envueltos los familiares de Ubaldino. Toda familia decente que se precie de serlo guarda, mal que bien, su esqueleto polvoriento al fondo de su alacena, y la familia De la Valle en esto no es diferente. Pero estos desgraciados sucesos es mejor perdonarlos, eclipsarlos con las relaciones edificantes de aquellos gestos de los que nuestros próceres también han sido capaces. Toda nación que quiera llegar a serlo necesita sus líderes, sus caudillos preclaros, y, de no tenerlos, le será necesario inventarlos. Éste no es, afortunadamente, nuestro caso. Guamaní cuenta con Ubaldino De la Valle, cuya insigne historia me he propuesto relatar aquí.

A pesar de que dudo de que lo que Titina me ha insinuado sea cierto, he decidido acudir mañana a casa de los De la Valle, para prevenir a Arístides y a sus hermanas de lo que está sucediendo. No se puede acusar así, impunemente y en frío, de fratricidio a nadie, y menos cuando los envueltos en el caso son los hermanos De la Valle. Creo que le debo a Ubaldino, en memoria de mi amistad con él, mi presencia en su casa en estos momentos. Quizá logre así evitar el escándalo, esa guerra a muerte que sin duda estallará entre los De la Valle y Gloria, si es cierto que existe ese testamento. La presencia de Titina, a quien no veía hace años, me impresionó profundamente. Está igualita que antes. Ni una sola pasa blanca, ni un solo corresconde color ceniza salpica su densa sereta negra. Titina, la última esclava del pueblo, la criada sempiterna de los De la Valle. Titina, la eterna.

IV. EL DESENGAÑO

"Luego de la muerte de Doña Elvira, Don Julio Font, el
padre de Ubaldino De la Valle, nuestro prócer, sólo tuvo
problemas y más problemas. La nueva Banca Norteamericana, cuyos imponentes palacetes de granito rojo
con portales flanqueados de leones de yeso recién abría
por aquel entonces sus puertas en la plaza del pueblo,
financiaba sin dificultad a las corporaciones de los
centralistas norteamericanos, pero desconfiaba de la
iniciativa isleña. Era por ello que la Toa, la Cambalache
y la Eureka, cuyos títulos habían relumbrado hasta
hacía poco sobre las frentes de los Portalatini, de los
Plazuela y de los Iturbide como diademas de ducados o
marquesados, había rodado recientemente por los
abismos de la ruina. Don Julio se había jurado que a la
Justicia no le pasaría lo mismo, y había rehusado venderles a los extranjeros un solo tablón de caña.
Como Don Julio había sido en una época comerciante y almacenista, tenía muchos amigos entre los
refaccionistas españoles de la Capital. Estos indianos,
fundadores de la Banca Española de la Metrópoli,
habían subvencionado en el pasado los préstamos de la
Justicia, pero al llegar los Norteamericanos se habían
visto obligados a cerrar sus bancos y muchos se dispo-
nían a abandonar definitivamente la isla. Durante los
últimos años, Don Julio había sobrevivido financiándose
heroicamente a sí mismo, conciente de que sus amigos
no podían ayudarlo. Un día, sin embargo, cuando los
talegos de oro que había logrado hacinar en los sótanos
de su casa ya se habían esfumado, le hizo una visita a su
amigo, Don Rodobaldo Ramírez, antiguo presidente del

30

extinto Banco de Bilbao. Lo encontró desmontando su casa y vendiendo consolas y espejos biselados al mejor postor, preparándose para abandonar la isla en compañía de su familia.

—Son todos unos traidores, gachupines de mala liendre —le dijo medio en broma y medio en serio, mientras lo ayudaba a cargar sus bártulos sobre el carguero Borinquen—. Lo que Dios unió en el cielo, jamás lo separe el hombre en la tierra, y nuestro destino estará ligado para siempre al de esta pobre isla.

Don Rodobaldo lo miró con tristeza, bajo los alacranes canosos de sus cejas. Habían nacido en el mismo pueblo y juntos habían hecho la travesía hasta América, compartiendo luego innumerables cazuelas de callos a la vizcaína y de bacalao al pil pil, mientras evocaban los trigales dorados de Lérida.

—Lo siento, amigo Chano —le respondió, empleando el sobrenombre que le había conocido en la niñez—. Ya sabes que moro viejo, mal cristiano. No quiero que a mi familia y a mí nos vuelvan orgánicamente diferentes. —Don Rodobaldo se refería a la campaña furibunda que había montado el nuevo gobernador de la isla para americanizar a los habitantes, sólo unos meses antes de pronunciarse ley el Acta Jones.

—Siempre hay tiempo para arrepentirse —insistió Don Julio—. Te quedas, me prestas el dinero que necesito para la siembra de este año, y en cuanto se restablezcan nuestras Cámaras Legislativas, se resolverán nuestros problemas. —Pero Rodobaldo negó tristemente con la cabeza: —Podrán nombrar isleños al Senado y a la Cámara —dijo— pero eso no cambiará nada. Aquí, aunque los puertorriqueños gobiernen, los norteamericanos mandan, y yo ya estoy demasiado viejo para dejarme hacer gringo a la fuerza.

El Borinquen partió aquella misma tarde, alejándose como una pequeña ciudad de luces blancas por la boca del Morro. Cabizbajo y taciturno, Don Julio regresó al otro día a Guamaní, convencido de que ya no le quedaba un solo amigo en el mundo. A los pocos días de aquella visita funesta, descubrió que a sus preocupaciones económicas se sumaban otras más graves: acababa de recibir la invitación a la inauguración de la Central Ejemplo, la supercentral que los extranjeros llevaban ya varios meses construyendo sobre el llano.

Por el valle de Guamaní se había corrido la voz de que los norteamericanos habían declarado una tregua en el combate centralista, y que se encontraban ahora ansiosos de ayudar a los hacendados criollos y de compartir con ellos sus maravillosos inventos. Enterado de aquellos rumores, Don Julio creyó ver el cielo abierto, y se dispuso a asistir a aquellas celebraciones, convencido de que en el curso de las mismas podría llevar a cabo el plan que se había fraguado respecto a los dueños de la Central Ejemplo.

El día de la inauguración amaneció espléndido. Por el cielo salpicado de nubes que corrían como guajanas revueltas, empujadas por los vientos alisios, se desplazaba en silencio desde el amanecer un enorme zepelín plateado que parecía supervisar desde su altura la febril actividad que se desenvolvía en el llano. Contratado por el Comité de Inauguración llevaba y traía sobre las vegas sus banderolas enlistadas de rojo, azul y blanco. 'April 15, 1918, — Follow our Example' proclamaba la cola tricolor que chorreaba tras él, cada vez que apuntaba hacia la Central con su enorme nariz roma.

El globo señalaba el camino de las celebraciones a los numerosos invitados que se esperaban aquel día en el valle de Ensenada Honda. El Comité Ejecutivo de la Inauguración había telegrafiado a todas las haciendas vecinas, con el objeto de que mandaran delegaciones que pudieran disfrutar de los convites, y entre éstas se encontraba Don Julio, representando a la Central Justi-

cia. Montado en su zaino, se había unido aquella mañana a la caravana de quitrines, calesas y berlinas que se
dirigían hacia la Ejemplo, picado, como todo el mundo,
por la curiosidad, y con el corazón lleno de esperanzas
de que aquél habría de ser un gran día para la Justicia.
El ambiente de feria, las caras sonrientes de los hacendados que se dirigían como él por el camino de la Central,
habían hecho que el temor que lo había perseguido
durante aquellos meses casi se desvaneciera, y se sentía
contento.

Al llegar a la Ejemplo, se abrió paso por entre el her-
vor de la muchedumbre, ignorando las miradas de odio
de sus antiguos amigos, los hacendados del pueblo, que
le habían retirado la palabra luego de la muerte de Doña
Elvira. Caminaba muy erguido, sacando pecho y moviendo con orgullo los hombros para destacar mejor su
enorme altura.

Los entretenimientos de la tarde se encontraban a
cargo de los infantes de la Marina Norteamericana. Vestidos de gabardina añil con polainas y gorras relucientes
de paño blanco, soplaban tubos y redoblaban tambores,
estallaban platinos y resonaban clarines desde lo alto de
la tarima de la banda, pasaban bandejas de piscolabis
y refrescos entre los invitados, y hasta convidaban a las
hijas de los hacendados a bailar el vals. Don Julio, con
los ojos como un dos de oros de la baraja española, se
paseó un rato por el edificio de máquinas admirando
todo lo que veía y oía y finalmente se acercó a la mesa
donde se servían los refrigerios. El mozo le acercó una
bandeja y bebió, haciendo un gran esfuerzo, una taza de
punch color malva.

Con la taza en la mano se paseó un rato por el edificio. Las maquinarias de la Central, recién pulidas y
engrasadas, relucían sobre sus tarimas como insectos
maravillosos: en lugar de los antiguos molinos verticales
de vapor, provistos de lentas volantas y balancines, que

él tenía en su Central, y que había importado con tantas dificultades de Francia, allí sólo había molinos horizontales, de compactas volantas modernas y velocísimos cigüeñales; en lugar de toscas bateas de madera, donde los peones escurrían pacientemente la miel con palas, allí sólo había veloces centrífugas; y su rudimentario tren jamaiquino, en cuyas pailas de fondo se había hervido la cochura del guarapo durante siglos, le parecía ahora una antigüedad de coleccionista, junto a aquellas evaporadoras múltiples y aquellos milagrosos tachos al vacío, que operaban prácticamente solos y cuya asombrosa eficiencia estaba de más supervisar. Con la boca abierta por el asombro, presenció como se alcanzaba en ellos la densidad indicada del melao en cuestión de segundos: sólo era necesario introducir un puñado de cristales en sus entrañas, para que los enormes cilindros borbolleantes de líquido quedaran instantáneamente repletos de azúcar.

Don Julio divisó por fin a lo lejos a Mr. Durham, el presidente de la Ejemplo, que hablaba con Mr. Irving, el presidente del National City Bank, sentados en la tarima de honor, y se encaminó hacia ellos para saludarlos. Al acercarse escuchó sin querer lo que Mr. Durham le decía en aquel momento a Mr. Irving. —Con esta maquinaria, la Ejemplo llegará a producir hasta sesenta mil toneladas al año, mucho más de lo que producen juntos todos los ingenios criollos —pero se hizo el desentendido y se detuvo ante ellos sonriendo—. Soy su vecino, Don Julio Font —le dijo a Mr. Durham—. He venido a ponerme a sus órdenes, por si en algo puedo ayudarlos. —Mr. Durham parpadeó varias veces sin reconocerlo.

— ¡Ah sí, ya recuerdo! —dijo al fin—. ¡Don Julio, el de los cañaverales incomprables! —Pero a pesar del comentario irónico, lo saludó cordialmente.

—Quizá haya cambiado de parecer —intervino Mr. Irving, saludando a su vez a Don Julio, a quien conocía de vista—. Necesitaremos toda la ayuda de los nativos para llegar a hacer de esta empresa un Ejemplo. Y no sólo para el Caribe, sino para el mundo entero. —Mr. Irving era un hombre mayor, de sienes encanecidas, y tenía una manera de ser afable, que contrastaba con los modales gélidos de Mr. Durham.

Don Julio pensó que era muy pronto para abordar el tema que le interesaba y guardó silencio por unos momentos, observando con plácido rostro el espectáculo. La banda tocaba a todo trapo frente a la tarima y los infantes de Marina giraban en alto sus batutas como vertiginosas estrellas al ritmo de la música. Las banderas norteamericanas se encontraban desplegadas por todas partes: tremolaban como abejorros sobre la cuerda que servía de barandal al templete sobre el cual se hallaban sentados los músicos, habían sido drapeadas en festones tricolores alrededor de todas las maquinarias, se encontraban estampadas sobre los bizcochos y sandwiches de queso crema que los infantes pasaban por entre los invitados obsequiosamente.

—Parece una nueva invasión, ¿no es cierto? —le preguntó Don Julio a Mr. Durham con una sonrisa ingenua, mientras señalaba hacia los cruceros que se divisaban a lo lejos, relumbrando sobre la enorme bahía de Ensenada Honda. Sobre sus torrecillas blindadas, aleteaban también miles de banderines norteamericanos.

—No lo parece, lo es —le contestó Mr. Durham, mirándolo sorprendido—. En la primera le trajimos el orden, y ahora les tenemos el progreso de nuestra gran nación.

Don Julio se sintió incómodo y se aflojó ligeramente la corbata del cuello sudoroso, para que el aire le circulara mejor dentro de la camisa.

—¿Y eso qué quiere decir? ¿Que con los españoles no había progreso? —dijo, encrespando ligeramente la voz y frunciendo el ceño en un gesto hosco.

Mr. Irving se había quitado los guantes de algodón y

se abanicaba ahora el rostro, congestionado por el calor, con el ala de su chistera. —No se altere, Don Julio, no se altere. Mr. Durham quiso decir que los norteamericanos han traído a la isla el progreso del siglo veinte. El progreso del diez y nueve les pertenece indudablemente a ustedes.

Don Julio asintió con la cabeza, aceptando con bonhomía la aclaración y volvió a sonreirle a sus interlocutores. Había ensanchado el tórax en los últimos años y los trajes de hilo solían quedarle algo apretados, lo que destacaba aún más su enorme altura. —En realidad, hay poca diferencia entre ustedes y nosotros —añadió en un tono conciliatorio—. Estoy de acuerdo con que un país como éste no puede permanecer sin líderes; los Estados Unidos son la gran nación del futuro y España, nuestra Madre Patria, es la gran nación del pasado. Es por eso que me gustaría llegar de una vez a un acuerdo con la Central Ejemplo—. Y le explicó entonces a Mr. Durham que estaba dispuesto a venderle parte de sus tierras, si él convencía a Mr. Irving de que su Banco le prestara el dinero necesario para la modernización de la Justicia.

—Entiéndame bien. No me confundan ustedes con esos trapicheros criollos, que aceptan de buen grado cualquier limosna —añadió riendo bonachonamente y mirando ahora de hito en hito a Mr. Irving, ahora a Mr. Durham—. No pienso comerme mi capital, y si le vendo a Mr. Young algunas tierras es para que el préstamo del City Bank sea lo suficientemente generoso como para que la Justicia compita algún día contra la Ejemplo. —Había hablado en broma, con un deje de galanteo irónico, y casi como si hubiese pronunciado un elogio.

Atónito, rígido dentro de la envoltura de granito gris de su chaqué, Mr. Irving se le quedó mirando, antes de prorrumpir en estrepitosa carcajada.

¡Usted nos habla, a Mr. Durham y a mí, como si fuéramos socios de la Central Ejemplo! ¡Pero si yo aquí no toco ni pito ni flauta! —exclamó, tomando a Don Julio amigablemente por el brazo. Y añadió que el deber de su banco no era enriquecer ni a unos hacendados ni otros en aquella pequeña isla, sino contribuir al progreso del mundo.

Don Julio giró, como acorazado que se inclina hacia estribor, su enorme cuerpo hacia Mr. Irving, y se le quedó mirando con los ojos desorbitados. — ¿Qué quiere usted decir con eso? —le preguntó con voz agria, arrojando ya al viento toda cautela—. ¿Me toma usted por malango o algo por el estilo? ¡Si aquí todo el mundo sabe que este tinglado lo han financiado ustedes! —Y levantándose de su silla, descendió de la tarima y se alejó dando codazos enfurecidos por entre la muchedumbre.

La inauguración de la Ejemplo fue un éxito rotundo. En una sola tarde los centralistas norteamericanos lograron conocer por nombre y apellido a los más encopetados miembros de la sociedad de Guamaní, pero al otro día la caravana de kitrines, coches y calesas fue a la inversa. Alebrestados por lo que habían visto, y enfurecidos porque aquellas maravillosas maquinarias habían sido montadas con los préstamos que a ellos les habían negado, cuanto dueño de trapiche, masa o molino al borde de la quiebra se encaminó a la mañana siguiente hacia la plaza del pueblo, donde acababa de abrir sus puertas el National City Bank. Aquel día, sin embargo, recibieron su segunda lección de estrategia. Frente a los portales de granito rojo del Banco, con los fusiles terciados a la espalda como alas cerradas de arcángeles, y vistiendo los mismos uniformes de cheviot azul marino con botones dorados que la noche anterior habían sumido en el éxtasis a sus hijas, los hacendados de Guamaní se toparon con los Infantes de la Marina Norteamericana cerrándoles el paso".

V. LA CONFESIÓN

Le agradezco profundamente que haya venido a vernos, Don Hermenegildo, que haya venido a visitarnos en esta tarde de lluvia y vestiduras rasgadas por todo el cuerpo, de bocas que han tomado para siempre la forma del llanto. Lo que Titina le informó ayer en su despacho es cierto: mamá se encuentra moribunda en el cuarto contiguo. Pero ante el recuerdo de la muerte de nuestro padre, ante el descalabro de aquella tarde apocalíptica, esta otra defunción no es sino una mala copia, un remedo contrahecho y absurdo de lo que una muerte digna puede llegar a ser.

Sí, el testamento del cual Usted ha venido a hablarnos existe, amigo, no hay por qué dudarlo. Yo mismo habré de destruirlo con mis propias manos, en cuanto el calvario de nuestra madre toque a su fin. No serán las ambiciones de una sirvienta glorificada lo que evite que hoy se haga justicia en la Central Justicia, no señor, no será ella quien desate sobre el pueblo esa madeja de intrigas con que intenta hoy arruinarnos, arrojar una vez más sobre nuestros apellidos su triste mácula.

Sí. También es cierto que en cuanto muera nuestra madre, y se aclare este engorroso asunto de la herencia, pienso venderles la Central Justicia a los suegros de mis hermanas mayores, a los dueños de la Central Ejemplo. No me mire con esos ojos de horror, Don Hermenegildo, no me fulmine con esas miradas de reproche como si yo fuese un traidor. Ya conozco sus apasionadas novelas, en las que siempre defiende la patria a brazo partido, y le ruego que, antes de condenarme, escuche pacientemente mi historia. No me cabe la menor duda de que, una vez que me haya oído, comprenderá por qué mi deseo no es sólo vender la Central Justicia, sino marcharme de esta casa, de este pueblo y de este valle y mudarme a vivir a la Capital, donde aún no hayan llegado noticias de nuestra deshonra y de nuestra vergüenza.

Quizá le parezca raro que mis hermanas y yo nos encontremos ahora aquí sentados, alrededor de la mesa del comedor, sin haber entrado a la habitación de mamá, a acompañarla en su último trance de muerte. La razón para ello es que Gloria Camprubí, nuestra cuñada,· se encuentra en ese cuarto, y sería absolutamente indigno que compartiéramos la muerte de mamá con ella. Pero ésto no cambia nada, porque aunque estemos acá sentados nuestro sufrimiento es el mismo. Sin entrar en el cuarto podemos imaginar a la pobre mamá tendida sobre los almohadones de encaje, ya casi respirando apenas, el contorno de su cuerpo hundido al fondo de su cama de baldaquín, y rodeada por esas mismas columna serenas, talladas en un ébano brillante, que siempre velaron su sueño.

Sólo tenemos que cerrar los ojos y podemos ver a Gloria sentada al lado de la cama de mamá, el codo apoyado sobre la mesita de luz, doblado el peso del cuerpo sobre el désorden apresurado de los potes de remedio, de las jeringuillas desechadas y de los algodones manchados, para convencernos de todo lo que ella tuvo que ver en esta historia desde sus comienzos. Y Usted, a su vez, sólo tendría, como lo he hecho yo mil veces, que acercársele un poco para observar su cara de cerca, para escrutarle el significado de esa tristeza tan llevada y traída que lleva untada sobre los ojos en gruesas manchas de kohl, palpitándole en esas alas de sombra color malva que ella se pinta todos los días sobre los cuévanos de los ojos para adornar su luto, para proclamarse la viuda eterna de uno y la protectora fiel de la memoria del otro ante el olvido del mundo mientras me desea a mí inútilmente. Sólo tendría que acercar una mano incrédula para palpar su rostro, el grosor de esa máscara de cosméticos con los que se cubre las mejillas y la frente, rozar con las puntas de los dedos las bolas de plástico púrpura que siempre se cuelga a los lados de la cara, las flores viejas, estrujadas y polvorientas, con que se ciñe la cintura y las sienes, la medusa de seda inmunda que suele colocarse a veces, con el mayor desparpajo, en el hueco del escote que le separa los senos, para saber que está loca, para entender que está loca de atar. Sólo tendría que hacer esto, le repito, para comprender que por eso es imposible que Gloria, en cualquier corte de justicia sobre la tierra, herede hoy a la Central Justicia.

Hace casi doce horas que mis hermanas y yo nos encontramos reunidos aquí, Don Hermenegildo, alrededor de esta misma mesa. Todos menos Nicolás, por supuesto, pobre, dormido desde hace ya tantos años bajo las alas del ángel que mamá hizo traer de Italia, empinando eternamente sobre los muros del cementerio de la playa de Guamaní su cabeza de rizos polvorientos, como si todavía quisiera salir volando sobre las ondas. Los cinco juntos llevamos ya a cabo todas las tareas protocolarias del velorio: redactamos las esquelas sin errores gramaticales pedestres, mandamos a alquilar la limusina fúnebre que transportará sus restos sagrados hasta el camposanto, ordenamos el lienzo de lamé gris plata, cuajado de orquídeas blancas, que abrigará dignamente su catafalco, el catafalco de Doña Laura de la Valle, nuestra ilustre madre. Y ahora Usted ha venido también a unírsenos, a ayudarnos a sostener sobre los hombros el peso lúgubre de esta enorme casa.

La muerte de mi padre me enseñó una lección terrible, Don Hermenegildo: nuestro amor por los muertos, como los témpanos, sólo puede medirse por el tamaño de nuestro resentimiento. En la superficie todo anda bien, navegamos la mar en coche, la mar en calma, pero con el tiempo los recuerdos de las injurias que hemos sufrido a manos de nuestros muertos queridos se van depositando, adhiriéndose unos a otros al fondo insondable de nuestras conciencias como un sedimento turbio y mortal. Comenzamos a pensar entonces en todo lo que, por pudor o respeto, nos callamos y no les dijimos en vida, y esas verdades comienzan entonces a enconarse al fondo de nuestros corazones, a formar lentas pústulas de odio, o, lo que es quizá lo mismo, llagas que supuran un amor mortal. Los vivos tenemos entonces que comenzar a desembarazarnos de nuestros muertos, que comenzar a olvidarlos; tenemos que empujarlos tiernamente a un lado, o arrancarnos con violencia de encima ese abrazo de hielo con el que intentan hundirnos, no empece su patético crujir y rechinar de dientes. Porque los muertos sólo pueden vivir en la hornacina de nuestros recuerdos, Don Hermenegildo, sólo se alimentan y respiran gracias a nuestros pensamientos. Todos tenemos, guardados en la alacena más secreta de nuestras conciencias, muchos muertos así, Don Hermenegildo; amigos y conocidos que en vida quisimos mucho pero que nunca quisieron querernos, que por envidia o recelo siempre rechazaron nuestras caricias, nuestro deseo de quererlos y de sabernos queridos por ellos. A estos muertos queridos, aunque dolorosos, es relativamente fácil olvidarlos, condenarlos a ser sólo muñecos de aserrín y estopa, que nos contemplan, inmóviles e indefensos, desde las repisas del recuerdo. Pero cuando esos muertos son muertos cercanos, Don Hermenegildo, cuando se trata de un padre o de un hermano, por ejemplo, el dolor que sentimos al volver a toparnos con ellos en nuestras noches de insomnio es mucho más profundo, puede incluso amenazarnos con naufragar. Ése es mi caso en estos momentos, Don Hermenegildo, por eso hace cinco años, desde la muerte de mi hermano, que vivo en un infierno, y ese infierno apretó a mi alrededor su cerco de llamas al morir mi padre once meses después. Ni mi padre ni mi hermano quisieron nunca quererme, y ahora me toca a mí, al destruir ese testamento, al venderles la Justicia a mis cuñados, dejar también de quererlos, deshacerme de su recuerdo para siempre de una vez.

Fui yo quien conocí primero a Gloria, hace ya más de diez años, cuando estudiaba agronomía en la universidad de la Capital. Nicolás estudiaba filosofía y letras en Francia. Como era el primogénito, y habría por lo tanto de ocupar algún día la Presidencia de la Central Justicia, ninguna educación de este lado del Atlántico era considerada digna de él por mis padres y mi madre no vaciló, en cierta ocasión, en empeñar sus joyas para darle a él esa oportunidad. Yo, como el secundón sensato, estudiaría agronomía en la universidad local, porque si bien mis conocimientos no añadirían nada al prestigio y ornato de la familia, serían imprescindibles para el funcionamiento de la Central. Esta discriminación en nuestras educaciones no me causó entonces grandes tribulaciones de alma: he sido siempre un hombre práctico, Don Hermenegildo, defensor de la teoría de la supervivencia del más apto. Es por eso que he sido siempre amigo de mis poderosos vecinos, los dueños de la Central Ejemplo, y ha sido dándoles a comer de la pechuga, cediéndoles algunos terrenos baldíos que mediaban entre nuestras colindancias y que no nos hacían falta, que nuestra familia ha logrado seguir comiendo del muslo durante estos últimos años. Mientras Nicolás estudiaba a Kant, a Hegel y a Nietzsche, paseándose de etiqueta negra por los Campos Eliseos, yo aprendía a hablar inglés sin acento en la universidad de la Capital, y me empapaba de los conocimientos necesarios para cultivar eficientemente nuestras tierras. Vivía una vida espartana: me alojaba en una pensión de pobres, estudiaba a la luz de un quinqué y el poco dinero que me sobraba de libros y comidas lo guardaba al fondo de una lata de galletas sobre la cual había pintado, en grandes letras rojas, para descorazonarme a mí mismo de profanarla con repetidos desfalcos, la máxima Vade Retro.

Aquellas vicisitudes, lejos de debilitarme, me hicieron más recio y más fuerte. Ningún sacrificio me parecía por debajo de los apellidos que yo también llevaba, si de ellos dependía la supervivencia de la Central Justicia. Me encontraba convencido de que, una vez desaparecida mamá, el futuro de la Central dependería estrictamente de mí y no me equivocaba. He sido yo quien ha defendido a la Justicia de la ruina durante los últimos seis años. Como Usted bien sabe, a nadie le interesa pagar treinta centavos el quintal de Azúcar Polvo de Diamante, cuando la Snow White se vende a quince, y nuestra azúcar llevaba demasiado tiempo siendo un objeto de lujo, fabricado a mano por nuestros peones con una paciencia de siglos. El secreto, lo aprendí durante mis años en la universidad, estaba en mecanizarse, en hacerse amigo de los norteamericanos y en economizar, y por ello estudiaba inglés, me aprendía de memoria todas las nuevas técnicas en esa lengua grosera y bárbara; y no cejé en mis esfuerzos hasta que llegué por fin a soñar en ella.

A mi auténtico interés por los estudios se añadió mi dicha de conocer por aquellos años a Gloria Camprubí, una mulata hermosa, de ésas que detienen el tráfico. Ella llevaba entonces una vida alegre; no sabía todavía lo que quería hacer con su vida ni le importaba el futuro. Había nacido en un barrio de Guamaní y era pobre. Vivía de día en día, estudiando para enfermera, y pagando en las mensualidades del alquiler de la mugrosa pensión vecina a la mía los últimos dólares que había heredado de sus padres. Al conocerme, sin embargo, su vida cambió. Como bien dice el dicho, sarna con gusto no pica y si pica no mortifica, y al enamorarse de mí se transformó, de un día para otro, en una muchacha morigerada y decente, atenta a mi menor capricho y sumisa a mi voluntad. Al graduarme de la universidad nos hicimos novios y me la llevé conmigo a vivir al pueblo. Mis tres hermanas mayores habían hecho unos matrimonios espléndidos, con los hijos de los dueños de la Ejemplo, y Margarita se había casado con Don Augusto Arzuaga, el magnate de Santa Cruz. La casa se encontraba, por lo tanto, vacía, Nicolás no había regresado aún de sus estudios en Europa y mamá se sentía muy sola. Era el momento perfecto para contratar los servicios de una joven educada y alegre, de familia venida a menos, que la acompañase y ayudase a atender a papá durante su enfermedad.

Aquellos primeros seis meses, luego de la llegada de Gloria, fueron los más felices de mi vida. No bien se encontró entre nosotros, no bien recorrió por primera vez las galerías de balcones que sobrevuelan al mar, no bien se bañó desnuda por primera vez bajo las troneras que vomitan un agua turbulenta por los cuatro costados de la casa cada vez que llueve, que el ambiente de la familia, el propio aire que respirábamos, se transformó. Mamá estaba encantada; se pasaba pidiéndole a Gloria que le hiciera arreglos florales y que le leyera en voz alta *María,* la novela de Jorge Isaacs, que solía escuchar riendo a mandíbula batiente. Aquellas sensiblerías y sentimentalismos, aquellas trenzas perfumadas convertidas en talismanes y pétalos prensados en cartas le parecían gestos banales y absurdos, productos de un romanticismo enfermizo, que habían llevado a Efraín (a quien ella siempre me ponía de ejemplo) inexorablemente a la ruina. Papá, a quien ambas cuidaban con paciencia ejemplar, olvidó por fin su temor de que la Justicia, como resultado de los matrimonios de mis hermanas, se viera en peligro de desaparecer y recobró su apetito y su buen humor. Parecía importarle menos el que la arteriosclerosis, que por aquellos días le había diagnosticado el médico, convirtiese poco a poco sus venas en un árbol de sal.

Yo, el secundón sensato, me descoñaba los huevos trabajando durante el día para la familia, pero no me quejaba. Las noches eran siempre mías, y a nadie le importaba lo que hacía con ellas. Extinguidas las luces de la casa, y subidos a su palo los gallos y las gallinas viejas, bajaba sigilosamente a las habitaciones de los sótanos y abría, con mi propia llave secreta, las puertas de la Gloria. Aquella beatitud alcanzada nocturnamente me hizo superarme y comencé a sentirme cada vez más seguro de mí mismo. Supe que no sólo era capaz de empadronar a los potros e introducir hasta el codo mi brazo en el útero de las vacas parturientas, sino que también podía ocultar mis toscas manos en los bolsillos de mi saco y pedirle a los banqueros norteamericanos que, en nombre de mi relación con los maridos de mis hermanas, me adelantaran los préstamos. Supe que, cuando de dinero se trata, no hay lazos de sangre ni de traición que valgan: como muchos de nuestros peones más desidiosos eran hijos ilegítimos de papá, éstos eran, gracias a su físico, fácilmente reconocibles (nariz de águila, cuello de toro, y pecho de tonel irredento), los hice despedir a todos, y me libré de sus enormes y cuitosas familias. Logré así, poco a poco, hacer realidad mi sueño de mecanización de la Justicia: con las economías que logré acumular· compré dos tractores y un generador eléctrico, y mis tachos al vacío llegaron a ser la envidia de todo el valle. Muy pronto la Central dobló su producción, y la deuda que nos desangraba las entrañas como una úlcera perforada comenzó poco a poco a menguar de tamaño. Una sola preocupación nublaba por aquel entonces mi dicha: por más que le rogaba a Gloria que fuese mi esposa, ésta se negaba siempre rotundamente a ello.

Ese mismo año, para la víspera de Nochebuena, Nicolás regresó por fin a casa. No habían pasado dos semanas cuando volvió a sus andanzas de siempre. En realidad, esa fiebre igualitaria de la que le ha hablado Titina no era nada nuevo: de chico, tuvo siempre complejo de héroe, y en las representaciones dramáticas que, de niños, hacíamos para los sirvientes en la época de Navidad, él escogía siempre el papel de Príncipe Mishkin, mientras que yo escogía el de Rogozin, el hombre práctico. Al regresar de Europa, decidió ganarse la idolatría de esos salvajes recién descolgados de los árboles, que cultivan a regañadientes nuestras tierras, y comenzó a repartir entre ellos parcelas de tierra y a construirles casas, empeñado en llevarles las bendiciones del agua potable y hasta de la luz eléctrica.

Pero esas casas Nicolás no las regalaba así porque sí, como si estuviesen maduras y cayesen inesperadamente de los árboles; aquellos privilegios tenían un precio, que nuestros humildes pero honestos jornaleros jamás estuvieron de acuerdo en pagar. No fue sino algunos meses después cuando por fin lo supe, Don Hermenegildo, cuando descubrí el secreto de Nicolás. Un día, en mis giras de supervisión por la Central, volví a escuchar aquel estribillo que los obreros solían cantarle antes de su partida para el extranjero, aquél "Antes te llamaban Siete Lindas, y ahora te llaman Desgracia." Creí que, durante aquellos años de estudios y disciplina en Europa, Nicolás habría rectificado sus costumbres y se habría librado de aquel vicio horrendo, pero pronto vi que no había sido así. "Desgracia," sí señor, ése era el mote con el que habían bautizado los obreros al primogénito principesco de los De la Valle. Porque bajo su pose de redentor, de salvador magnánimo del pueblo, se ocultaba un bugarrón empedernido que, si bien por un lado le gustaba repartir tierras y regalarle casuchas a los pobres, por otro lado se acostaba con todos, fornicaba con todos: con los peones del corte y los del recogido, con los choferes de carro privado y los de carro público, con los horneros y los caldereros, con los mecánicos de grúa y los de pala, cuanto hombre bien o mal parecido había en la Central vivía de rodillas frente a él, rogándole que tuviese compasión o dejándose hacer porque le temían, porque no se atrevían a contrariarlo sabiendo que de él dependía el mendrugo de pan que llevaban a sus casas cada día. Papá, como siempre, no se daba cuenta de nada, y, a los dos meses del regreso de Nicolás, lo nombró Presidente de la Central.

La noticia de la posible boda de Nicolás con Gloria fue para mí un golpe duro, Don Hermenegildo, que me dejó el corazón en carne viva. Gloria misma jamás me lo mencionó, y fue Nicolás quien me enteró del asunto. Mamá, agobiada por el horario cada vez más engorroso que exigía la dolencia de papá, tenía miedo de que Gloria se marchara y le dejara a ella sola los pesados deberes del cuido del enfermo; por eso insistió en aquel casamiento, como un arreglo de conveniencia. Pronunciando mil excusas, Nicolás intentó justificar ante mis ojos aquella farsa: "Son locuras, desatinos de nuestra pobre madre", me decía aterrado cuando me tropezaba con él por los pasillos de la casa. Y, vestido con su traje de dril blanco, levantaba los brazos en alto en señal de desesperación, aleteando frente a mí como una garza indefensa.

De inicio me sentí confundido. ¡Mi hermano, un eunuco, había logrado con Gloria lo que yo no había podido lograr en dos años! Pero conociendo a Nicolás como lo conocía, aquel matrimonio no debía en realidad darme celos. Decidí, aquella misma noche, hablar con Gloria, empinar, con paciencia y prudencia, aquel cáliz de amargura hasta las heces. —¿Vas a casarte con Nicolás? —le pregunté más tarde, colocando con ternura mi mano sobre el monte sedoso y negro de su sexo—. Creí que ésta era la entrada a mi Gólgota, a mi monte de los Olivos. No sospeché nunca que llevaras una caja registradora entre las piernas. —Gloria estaba sentada, completamente desnuda, sobre mis muslos; acabábamos hacía un momento de hacer el amor sobre su camastro de hierro. Mi comentario la hizo reír hasta saltársele las lágrimas. —Es cierto, es mi caja registradora —me dijo cuando se calmó—. Pero sólo tú puedes pronunciar sobre ella su ábrete sésamo. —Y acariciándome y besándome cien veces, me recriminó el que sintiera aquellos celos absurdos de un pobre marica que recién estrenaba, entre la peonada de la Central, su patético plumero.

La conversación que tuve más tarde con mi madre, cuando me atreví a sacarle por fin el tema, fue mucho menos agradable. En esta casa, Usted lo sabe bien, Don Hermenegildo, no se mueve una sola brizna de hierba sin su consentimiento, y mi madre maneja el destino de sus habitantes con riendas de acero. En aquella ocasión, sin embargo, temeroso aún de las repercusiones que aquella boda pudiera tener en mi vida, me decidí a encararla. —Si casas a Gloria con Nicolás —le dije— te juro que algún día te arrepentirás de ello. Tus hijos no somos, como has creído siempre, tus bestias de reproducción y arreo. —Mamá se encontraba, como de costumbre, trabajando en su despacho, trasladando los gastos e ingresos d: la Central a sus respectivas columnas, en los libros de contabilidad. Por un momento creí que no me había escuchado, porque su mano continuó deslizándose como un nudo de huesos de hierro sobre los cuadriculados de la página. —No sé por qué te quejas —me dijo sin dignarse a mirarme—. Una esposa legal te costaría plata larga, y eso perjudicaría a la Justicia. De esta manera Nicolás te la tendrá segura, y la familia gozará de sus servicios hasta que tu padre y tu madre mueran.

Colocando entonces con una calma alucinante la pluma junto al tintero, procedió a explicarme con lujo de detalles las cláusulas de aquel matrimonio de conveniencia: Nicolás se había comprometido a no tocar a Gloria;

la unión duraría estrictamente el tiempo que durara la enfermedad de papá, mientras mamá necesitara de los servicios de una enfermera; y una vez pasado éste a mejor vida, el matrimonio se anularía y Gloria, remunerada adecuadamente, se marcharía del pueblo. Las palabras de mi madre lograron tranquilizarme, Don Hermenegildo, aunque no por completo.

No sólo asistí a la boda un mes más tarde, sino que fui el "best man" de mi hermano y de mi propia novia. Durante la ceremonia Gloria no cesó de mirarme ni por un instante. Al ponerle Nicolás el anillo en el dedo, al derramar sobre sus palmas abiertas el diminuto torrente de oro de las arras, al escucharme brindar con champán y desearles una larga prole y una vida de felicidad eterna, sus ojos, que ardían bajo su velo como ascuas, parecían querer incendiarme.

La ceremonia se celebró, como había especificado mamá, en la intimidad más completa. Sólo asistimos mamá, Nicolás, el sacerdote y yo, y la novia se casó vestida con un sencillo traje sastre. A diferencia de cuando mis hermanas se casaron con los hijos de los dueños de la Ejemplo, no hubo que gastar en trousseau, manteles ni cubiertos. A Nicolás, el niño consentido de siempre, papá le regaló un Cessna color plata, de juguete de bodas.

Gloria no cambió en absoluto de costumbres ni de hábitos. La mañana de la boda la pasó con papá, bañándolo sobre su lecho de inválido; la tarde con mamá, sirviéndole de secretaria, y la noche, como siempre, conmigo, en la habitación de los sótanos. Saberla esposa de Nicolás hizo renacer en mí la hoguera del deseo, y en aquella ocasión hicimos el amor con más furia que nunca. Me sentía tan feliz, que comencé a sentirme culpable. Sentía una piedad absurda hacia mi hermano, que, pese a su título rimbombante de Presidente de la Central Justicia, no ejercitaba ninguna autoridad sobre ella, ni tampoco sobre Gloria.

No fue hasta tres meses más tarde cuando, sentado frente a Nicolás ante esta misma mesa a la hora del desayuno, comencé a sospechar que en todo aquello había habido mucho más que una farsa y que yo, lejos de ser el victimario de mi hermano, era más bien su víctima. Nicolás no andaba bien: a los pocos meses de la boda le había dado con quedarse días enteros encerrado en su habitación, y bebía todo el tiempo. Se le veía deprimido; olvidaba a menudo cambiarse de ropa y afeitarse.

—Tengo una noticia que darte —me dijo aquel día, y noté qué, al derramar sobre su tazón de leche algunas gotas de tinta de café, la mano le tembló imperceptiblemente. Una sonrisa amarga, casi de satisfacción malévola, se le dibujó en la cara. —Felicítame y te felicito —me dijo—, porque Gloria está encinta.

Me había levantado de la mesa para servirme a mi vez mi café, y tuve que volver a sentarme. Nicolás, asustado ante mi palidez, se levantó de su silla y sacó del aparador una botella de brandy. Le pregunté, con un sabor pastoso en la lengua, qué quería decir con eso. —Olvídala hermano —me dijo sirviéndome un trago—, en adelante ya no podrás tocarla. Papá se encuentra convencido de que ese hijo es suyo. —Le juro que estuve a punto de matarlo; hubiese descargado por lo menos cien puñetazos sobre su cara de Príncipe. La confesión le salió entonces a borbotones, escupida entre dientes partidos y con la lengua desangrándosele por entre los labios: Gloria se acostaba todas las mañanas con papá, en cuanto yo me marchaba de la casa a supervisar las fincas.

A los seis meses de esta confesión, Nicolás enfiló su avión en dirección a las nubes, acumuladas sobre los picachos de la Cordillera Central como arrecifes de pólvora, y desapareció para siempre. Usted puede interpretar su muerte como mejor le parezca, Don Hermenegildo. O no tuvo el valor de seguir viviendo, de estar presente cuando su mujer diera a luz a aquel monstruo: el hijo de su padre y el sobrino de su hermano, el hijo de mi coima y el nieto de su esposa, el nieto de su madre y el hermano de su hermano, su hijo, su hermano y su sobrino a la vez; o fueron los peones de la Central Justicia los que lo ajusticiaron.

Cargado y parido ese hijo de anfibio, culebra o lagarto que se gestó en su vientre, Gloria se quedó a vivir con mamá luego de la muerte de Nicolás, aparentemente para cuidarla y para seguir cuidando a papá, pero en realidad para gozarse de su sufrimiento. Al poco tiempo de esto, papá pasó a mejor vida, sin hacer en ningún momento mención a Gloria o Nicolasito en su testamento. Cegado por su rencor hacia los norteamericanos, desheredó a mis hermanas injustamente, dejándome a mí como su heredero exclusivo. Mamá, inquebrantable en su soberbia, jamás le cedió a su adversaria la satisfacción de darse por enterada de lo sucedido. Siguió, imperturbable, su vida de siempre, encerrada con siete cerrojos en esta casa y trabajando de sol a sol en el manejo de sus finanzas. Gloria, por su parte, destituida en tan poco tiempo de sus tres fogosos amantes, no pudo resistir la soledad, y hace años que trabaja en las noches como prostituta en los bares del pueblo.

Es por esto que mamá insiste ahora, Don Hermenegildo, en desheredarnos a todos. Mamá sabe que si Gloria hereda, si la puta del pueblo hereda, el escándalo en Guamaní será de tal magnitud que no pasarán veinticuatro horas antes de que los Bancos Norteamericanos le ejecuten a la Central Justicia los préstamos. Y el rencor que le guarda a papá es tal, tan grande es el témpano de su resentimiento, que ha olvidado por completo a sus hijos, y ya no se acuerda siquiera de nuestra existencia. Su ilusión más sincera, su deseo más profundo en estos momentos, Don Hermenegildo, es que la Central Justicia quiebre, que desaparezca para siempre de la faz de la tierra.

Creo que ahora podrá comprender mejor el significado de mi historia, Don Hermenegildo; por qué he decidido venderles la Justicia a mis cuñados, los dueños de la Central Ejemplo. De todos modos, ya somos una gran familia, y de esta manera la Justicia no desaparecerá sino que medrará bajo su esmerada dirección y mando. Mi vergüenza y mi deshonor en este asunto han sido tan grandes, que no podría de ninguna manera quedarme a vivir en el pueblo. Quiero olvidar, deshacerme no sólo de la Central Justicia sino hasta de su recuerdo. Esta Central maldita me ha causado ya suficientes sufrimientos.

La revelación de Arístides de cuál había de ser el futuro de la Central Justicia me desgarró el alma. Tanto nadar, tanto desgarrarse las carnes luchando contra viento y marea, para venir a morir en la orilla. Aquella imagen de Nicolás como un degenerado y de Ubaldino como un ser destruido, arrasado por la enfermedad y la desilusión, me resultó devastadora. Cuando Arístides terminó su relato tuve que cerrar los ojos para que no se me saltaran las lágrimas. Aquella historia me contaminaba, me hacía a mí también cómplice de la corrupción más vil, y me negué de plano a creerla.

VI. EL RESCATE

"El momento más glorioso en la vida de Ubaldino De la Valle, su apoteosis cívica, tomó lugar el día en que rescató a la Central Justicia de las garras de la Central Ejemplo. Por aquel entonces, nos acabábamos de graduar de la Universidad, y ambos nos habíamos hecho miembros del Partido Unión. Nos unía un mismo propósito y un mismo sueño: llegar a ver nuestra estrella, nuestro mítico lucero del alba, brillar contra el cielo inmarcesible de la bandera de la patria. Hacía ya demasiado tiempo nos decíamos, casi veinte años, que la isla pasaba, como pelota de oro problemática, de político a político en la palestra de Washington. El Presidente le debía un favor a Mr. Allen, a Mr. Brook o a Mr. Yager, por haber aniquilado a los indios en la frontera de Fort Beverly en Arkansas, o por arrastrar a Iowa (un estado renegado), a votar demócrata, y allá iba volando la isla como premio.

Ubaldino acababa de postularse por aquel entonces para Senador, y yo, como reportero de La Nación, lo seguía a todas partes. En mi caso, aquella aventura no tenía nada de sorprendente: mi padre era dueño de La Nación, el periódico más progresista del pueblo, y mi familia había sido siempre liberal por tradición. Pero Ubaldino era un De la Valle, y su familia había sido siempre conservadora. Al principio pensé que su apellido le restaba posibilidades de llegar a ser electo: con la bonanza del azúcar de los últimos años, los banqueros norteamericanos le habían por fin liberado los préstamos a los hacendados criollos, deteniéndose así en sus centrales el rigor mortis de la ruina. Como resultado de aquella política, éstos se habían hecho casi todos miembros del Partido Republicano y asimilista, aliados incondicionales de los norteamericanos, y Ubaldino era para ellos un traidor.

El precio que los hacendados criollos habían tenido que pagar por aquella tregua había sido alto: por razones de crédito se les permitía funcionar sus centrales y moler sus propias cañas, pero su azúcar debía ser refinada íntegramente en las enormes centrífugas de la Central Ejemplo. Las centrales criollas habían dejado de ser, por lo tanto, centrales independientes, y casi todas habían pasado a ser meros satélites, emporios empobrecidos y parásitos. Debido a esta situación, los guamaneños habían comenzado a sentir un gran desprecio por aquellos hacendados alzacolas y cipayos, así como por el Partido Republicano, mientras que Ubaldino, con sus prédicas independentistas, les caía cada vez más simpático.

Una sola cosa empañaba el futuro político de Ubaldino. Al morir su madre, su padre lo había desheredado, dejándole la Central Justicia a los hijos de su segunda mujer, Doña Rosa Font, y habían sido sus tías quienes lo habían educado. Mi amigo era, por lo tanto, algo así como un príncipe sin principado, un vástago empobrecido de una familia de líderes y próceres. Ubaldino mismo me relató una vez cómo había tomado lugar aquel desgraciado suceso. Siendo todavía niño, sus tías, Doña Emilia y Doña Estéfana, lo habían ido a buscar a la hacienda. Su padre, lejos de oponerse a que las ancianas se lo llevaran a vivir con ellas al pueblo, había estado inmediatamente de acuerdo. —Después de todo, es un De la Valle auténtico —había dicho dando un suspiro de alivio al escuchar la petición de las hermanas—. Que lo eduquen y lo acicalen todo lo que quieran, pero que después no me vengan a mí con jeringas.

Ubaldino, que se encontraba junto a él, a punto de despedirse en las escaleras de la casa, le perdonó el comentario. Pensó que, como él se parecía tanto a su madre, le recordaba demasiado a la finada, y prefería alejarlo por un tiempo de su lado. Lo que jamás pudo perdonarle fue lo que le dijo después. —En estas decisiones no hay marcha atrás —le dijo inclinándose para abrazarlo—. Destetándolo es como el niño se hace hombre, y Usted, aunque no herede ni una cuerda de la Central Justicia, seguirá siendo siempre hijo de Don Julio Font.

A punto de subirse Ubaldino al coche, le alcanzó un cofrecillo de oro cincelado que había pertenecido a su madre. —Aquí tiene las joyas de Doña Elvira De la Valle —le dijo en un tono magnánimo—. Son el único patrimonio que le dejó al morir, así que empléelo con sabiduría y previsión.

Fue así como, salvo una cantidad mínima de acciones que su padre le legó en su testamento como un gesto de decoro, para que no se dijera en el pueblo que los De la Valle habían sido desterrados de su propio feudo, los hijos de Don Julio heredaron casi la totalidad de la Central Justicia.

El día antes del rescate de la Justicia me encontraba yo en el Café La Palma, tomándome una cerveza fría, cuando vi a mi amigo que se acercaba por la plaza. Ambos le teníamos un gran afecto a aquel lugar, y veníamos allí a menudo a discutir nuestros ideales y nuestros sueños. Los gritos de los choferes de carro público, los perros satos y pulguientos, y hasta los pordioseros dormidos bajo hojas de periódico en el quicio de la puerta de la catedral nos hacía sentir bien, lejos de aquella manía de orden y de limpieza que cundía, desde la llegada de los extranjeros, en todos los centros oficiales del gobierno de Guamaní. Protegiéndome de la resolana feroz que azotaba la calle, le hice señas para que se sentara a mi lado. Ubaldino buscó la sombra de la cortina enlistada que sobresalía sobre la acera del establecimiento. Sacó su pañuelo morado y se secó el sudor que le bajaba a chorros por las mejillas.

— ¡Tengo una noticia que darte! —le dije entusiasmado—. Esta mañana tus hermanos fueron a ver a Mr. Durham, el presidente de la Central Ejemplo. Acaban de firmar una opción de diez mil dólares por la Justicia, y los de la Ejemplo tienen veinticuatro horas para cerrarla.

Ubaldino me miró estupefacto. —¿Estás seguro? —me preguntó.

—Claro que estoy seguro. Yo mismo acabo de escribir el parte de prensa: "Cae la última central criolla de Guamaní en manos de los extranjeros", "Pudo más el Ejemplo de la modernidad que la Justicia a la antigua", serán los titulares de mañana. Al amanecer la noticia se correrá como un reguero de pólvora por todo el pueblo.

—Va a ser un golpe duro para el orgullo de Guamaní.

—¿Eso nada más? Va a ser un escándalo, hermano.

—¿Y se dice que la compran completa? ¿La Central, la casa, las tierras, todo por ese precio?

Yo pensaba en el efecto publicitario que aquella venta tendría en nuestra campaña política, removiendo aún más en Guamaní el antagonismo contra los hacendados "vendidos", y Ubaldino estuvo aparentemente de acuerdo conmigo. Me miró con ojos chispeantes de entusiasmo. Todo su cuerpo, sus brazos, su cuello, sus cachetes, parecían estar a punto de estallar de gozo.

—¿Completa? Por supuesto que la compran completa. Dicen que el precio acordado entre ellos es de treinta mil dólares.

—Esta vez la hicieron, hermano —me dijo riendo—. Al mejor cazador se le va la liebre, pero en ésta a los dueños de la Ejemplo se les escapó el león. La Justicia debe de valer por lo menos diez veces eso.

Al día siguiente, enterados de la hora precisa en que tomaría lugar el negocio, atravesamos juntos las fronteras minuciosamente patrulladas de la Ejemplo. Aún no había amanecido y casi no podíamos vernos los rostros en la oscuridad. Ubaldino iba contento; silbaba y se tocaba de cuando en cuando los bolsillos de la guerrera, como si quisiese verificar que lo que llevaba en ellos se encontraba intacto. Me imaginé que llevaría allí las acciones de la Central Justicia, porque el día anterior, luego de discutir el asunto habíamos decidido que para los efectos de nuestra campaña, le convenía venderlas. Era mejor no verse envuelto en aquel asunto, en que tanto sus hermanos como los de la Ejemplo quedarían muy maltrechos ante la opinión pública.

—No las vendas —le dije de pronto en la semi-oscuridad, arrepentido de mis propios argumentos del día anterior—. Dale vuelta al coche y regresémonos de nuevo a la casa.

Ubaldino me miró sin comprender. Creyó que estaba hablando solo. —¿Que no venda qué? —me dijo aminorando la velocidad del coche.

—Tus acciones de la Justicia; por pocas que sean. No las vendas. Nadie se va a dar cuenta de que te quedas como socio minoritario de los de la Ejemplo. A lo mejor ni ellos mismos se dan cuenta hasta dentro de algún tiempo. Y ya entonces les habrán subido el precio y podrás venderlas por lo que tú quieras.

—Olvídalo, hermano —me dijo—. Desde hoy hazte de cuentas que hemos derrotado al candidato Republicano.

Todavía era de noche cuando llegamos al poblado de la Central. Adivinamos a la derecha la silueta del correo, de la cárcel y del banco, todos edificados con ladrillos federales alrededor de una plazoleta de tierra. Adivinamos que a nuestra izquierda se encontraba el asta de la bandera, por el sonido de la cuerda golpeando el tubo en la oscuridad. Ubaldino estacionó su destartalado Pontiac junto a las oficinas de Mr. Durham y se dispuso a esperar.

Comenzaba a clarear cuando vimos acercarse por el callejón a los medios hermanos de Ubaldino, acompañados por Doña Rosa Font. Me los había imaginado de otra manera y al verlos sentí una sensación extraña, no sabía si de desilusión. Venían mal vestidos y calzados: parecían peones, no hijos de un hacendado arruinado. Caminaban lentamente, rodeando solícitamente a Doña Rosa y ayudándola a cruzar la plazoleta en dirección a las oficinas de Mr. Durham. Ubaldino ocultó la cabeza detrás del volante y esperó a que pasaran. Varios minutos después vimos acercarse, por el otro extremo de la calle, el Packard negro de Mr. Durham. El Presidente venía acompañado por Mr. Arthur, el abogado de la Ejemplo.

Al entrar a la oficina los hijos de Don Julio se encontraban de pie, de espaldas a la ventana, y Mr. Durham colocaba una a una las copias de las escrituras sobre la mesa. Se volvieron lentamente hacia nosotros, sin reconocernos. Doña Rosa, sin embargo, se le quedó mirando a Ubaldino, y una sonrisa amplia se dibujó lentamente sobre sus labios.

—Eres tú, Niño. Qué bueno verte —dijo. Se levantó de su silla y caminó hasta él, balanceando su cuerpo grueso sobre unos zapatos de taco que obviamente no estaba acostumbrada a calzar. Colocó sus manos, sudadas y blandas, sobre el rostro de mi amigo y se inclinó hacia él para besarlo en ambas mejillas.

Los hermanos fueron saludando a Ubaldino con apretones de mano. Se veían contentos de volver a verlo, y vi que Ubaldino había comenzado a sentirse incómodo. Me di cuenta de que la mansedumbre que sus hermanos traían en la mirada, aquella manera de sonreírle todo el tiempo, como si intentaran probarle algo, lo hacían sentirse culpable.

—¿Cómo los trata la vida?—les dijo Ubaldino dándoles a cada uno una palmadita en la espalda. —A mí, ya ven, me trata bien.

Caminó hasta el centro de la habitación y saludó a Mr. Durham y a Mr. Arthur con indiferencia. Éstos disimularon a la vez su sorpresa de verlo allí. Como el resto de los habitantes de Guamaní, estaban enterados del feudo que existía entre los Font y los De la Valle, a raíz del amancebamiento de Don Julio con Doña Rosa, y no se explicaban cómo Ubaldino se habría enterado de la venta de la Justicia.

—Esta reunión familiar hay que celebrarla —dijo Mr. Durham, acercándoles a los presentes varias sillas y sonriendo con afabilidad—. Una reconciliación como ésta no se da todos los días. Vale por lo menos un brindis, que será luego comentado por el joven Hermenegildo Martínez en las páginas de La Nación.

Sacó una botella de Martell de la gaveta de su escritorio, así como varios vasos, y sirvió una ronda generosa de cognac.

—Es un poco extravagante hacer esto —dijo con un gesto magnánimo—. Pero creo que la ocasión amerita que a este señor se le beba tan temprano.

Todos empinamos los vasos y se hizo un silencio incómodo. Ubaldino se requintó el sombrero sobre la frente y rió con una risita sardónica.

—Supongo que ahora, con la generosa oferta de Mr. Durham, podrán irse todos a celebrar a la Capital —le dijo a sus hermanos en tono de broma.

Mr. Durham sacudió la cabeza, incrédulo. —¿Es que no le han dicho? No creo que les quede mucho dinero para celebrar, empeñados como están en pagar todas las deudas que Don Julio tenía con mi compadre, el presidente del National City Bank. Doña Rosa no quiere tomar mi consejo —dijo, guiñándole un ojo a Ubaldino— y dejar que los compromisos descansen en paz con el deudo.

Doña Rosa palideció. Se inclinó un poco hacia delante y miró obstinadamente el suelo, moviendo sobre la silla su inmensa mole drapeada de negro.

—Me llamo Doña Rosa Font —dijo—, y soy la viuda de Don Julio Font. No sé si el Niño ha venido aquí a vender también su participación, pero para nosotros lo más importante es limpiar de maledicencias el nombre del deudo.

Habló con una seguridad sorprendente, como si en efecto hubiese sido la esposa legal de Don Julio y el apellido le perteneciera. De pronto vi que Ubaldino sudaba. Colocó premeditadamente su vaso sobre la mesa.

—No he venido aquí a vender, sino a comprar —dijo.

El silencio de la oficina fue tan absoluto que de pronto el abanico del techo comenzó a zumbar como un insecto enorme. Miré con incredulidad a Ubaldino, y el corazón se me volvió una liebre desbocada dentro del pecho. Si obstaculizábamos aquella venta, los extranjeros podían tomar represalias, y aquello podía ser el fin de nuestra campaña. Pensé que el amancebamiento de su padre con Doña Rosa le había calado a Ubaldino mucho más hondo de lo que yo había supuesto y que, picado en su orgullo, había decidido tirarlo todo por la borda.

—¿Comprar la Justicia? —preguntó Mr. Arthur con una sonrisa nerviosa—. ¿Y con qué dinero? Necesitaría Usted más de treinta mil dólares, para mejorar la opción que firmamos nosotros con Doña Rosa y sus hermanos.

—Necesitaría por lo menos doscientos mil —lo corrigió Mr. Durham—. Ése sería el precio de venta de nuestra opción, en caso de que decidiéramos venderla.

Mientras Mr. Durham hablaba, Mr. Arthur había ido sacando de su maletín un fajo de billetes nuevos, y lo colocó junto a las escrituras que yacían, listas para la firma, frente a Doña Rosa.

—Hay algunos billetes más para usted en ese maletín, en caso de que decida vendernos sus dos o tres acciones —le dijo a Ubaldino en un tono eficiente—. Le aconsejo que nos las venda ahora, antes de que el National City Bank le ejecute a sus tías la casa que tienen en Guamaní. Mr. Durham y yo somos miembros de la junta y sabemos que últimamente se han demorado mucho en el pago de sus préstamos.

Ubaldino se acercó al escritorio y contó uno a uno, en voz alta y mojándose el índice con la punta de la lengua, los treinta billetes de a mil. Cuando se aseguró de que estaban completos, se metió ambas manos en los bolsillos y se sacó una sarta enrevesada de collares, pulsos y cadenas, que, al no encontrarse estuchados ni envueltos adecuadamente, iluminaron de pronto la oficina con una luz espectral.

—Parece que la justicia divina está de por medio en todo esto —dijo, dejando caer una a una las joyas sobre la mesa con un desdén olímpico, antes de servirse un segundo trago de cognac—. Mr. Arthur y Mr. Durham van a tener que enterarse mejor de algunas cosas: no debieron nunca ponerse de acuerdo con mis hermanos a mis espaldas.

El rostro de Mr. Durham había pasado del rosa subido al púrpura cárdeno. Miró con ojos enfurecidos a Mr. Arthur, pero guardó silencio. —No es cuesión de que quieran o no venderme su opción—continuó diciendo Ubaldino con voz tranquila—. En nuestra isla, cuando unos herederos firman un documento de venta sin el conocimiento ni el consentimiento de sus socios, estos últimos adquieren el derecho a comprar la propiedad por el mismo precio acordado previamente. En otras palabras, a mis hermanos no les queda más remedio que venderme a mí la Justicia, y ustedes no podrán hacerme nada, porque yo no le debo un centavo al National City Bank.

Ubaldino tenía razón. El derecho al que se refería se llamaba el Derecho de Retro, y era un derecho muy antiguo del Código Español, que Mr. Arthur y Mr. Durham desconocían.

Aquel día Ubaldino y yo regresamos victoriosos a Guamaní, y los guamaneños nos dieron una bienvenida de héroes. Divulgada por La Nación la noticia de que la Justicia seguiría siendo una central criolla, hubo ferias, cohetes y misas, y poco después mi amigo salió electo Senador por el Partido Unión."

VII. EL JURAMENTO

Entré a la habitación detrás de Titina, quien, luego de llevarme hasta el lugar donde se encontraba la enferma, desapareció de mi vista. Un poderoso olor a benjuí me agredió el olfato y tuve que entrecerrar los párpados para ver lo que me rodeaba en la semi-oscuridad. Vi la Catedral, el lecho centenario de los De la Valle, famoso en toda la comarca por el retablo de iglesia que le sirve de cabecera, así como por las tres plazas de cal y canto de su colchón y los penachos de carro fúnebre que le brotan de los postes. A la sombra de su cabecera habían nacido todos los miembros de la familia y éstos se vanagloriaban de que su armazón había sido construida con la quilla del galeón en que Juan Ponce de León había arribado a la isla hacía cuatro siglos.

El espectáculo del cuerpo inmóvil de Laura sobre las sábanas me dejó sin aliento. El hilo de los aristocráticos rebozos en que la habían envuelto hacía resaltar la silueta de su cuerpo todavía hermoso, y alrededor de su cuello, sus muñecas y sus dedos relucían las alhajas con las que Ubaldino había rescatado un día a la Central Justicia en mi presencia.

Laura abrió los ojos y se me quedó mirando. De su perfil de reliquia, tallado en un marfil todavía blando, emanaba una impasibilidad extraña. A pesar de su malestar evidente me sonrió, como burlándose del miedo agazapado en el silencio que la circundaba. Suspiró profundamente, y giró con lentitud la cabeza sobre las almohadas hacia su lado derecho, por donde se veía una puerta de tela metálica que abría a la terraza y, más allá, a los campos meticulosamente bien cuidados de la Central. Observé como la brisa movía los filetes lánguidos de las cortinas de gasa, a través de los cuales podía verse el brillo inquieto, increíblemente verde, de las cañas.

—Seis veces la misma pregunta y seis veces la misma respuesta —me dijo Laura, quebrando por fin su silencio—, enterrada en el corazón como un manojo de puñales. El de la Verónica debió parecerse mucho al mío en estos momentos, Don Hermenegildo; es todo lo que puedo decirle cuando me pregunta por qué he decidido dejarle a esa infeliz, a Gloria Camprubí y a su hijo, todo lo que poseo en este mundo. Usted no puede ni podrá nunca comprenderlo, Don Hermenegildo, porque para ello tendría que ser mujer y no lo es; porque Usted, desgraciadamente es un hombre. Le juro que es porque soy mujer que me encuentro hoy aquí tan tranquila, descansando sobre mi lecho de muerte. Mírela: ahí está ella ahora mismo, sentada a mi derecha como una vieja amiga, velando mi sueño minuto a minuto. Porque la muerte es mujer como yo, y por eso siempre es justiciera y valiente; no hace jamás distinciones entre los hombres sino que, con su pie helado, dobla y humilla la cerviz hasta de los más soberbios. Por eso no me importa morir, Don Hermenegildo, por eso no me importará entregarme a ella dentro de algunos momentos. Ella, como su gemelo el amor, es la madre de todos, no admite diferencias de casta o de clase: la muerte que me parió es la misma que me mata, y en eso la mía ha de ser idéntica a la de cualquier rey o a la de cualquier pordiosero. Porque aunque Usted no llegue nunca a comprender esta historia, voy a intentar, con mi último aliento, explicársela.

Ningún De la Valle reinará después de hoy sobre los campos esmeraldinos de La Justicia, ninguno acumulará en sus bóvedas, con su avaricia de siempre, el azúcar Polvo de Diamante; ninguno volverá a sentarse, hinchado de orgullo falso, a la cabecera de nuestra mesa, rodeado por los sitiales de cuero labrado que dizque pertenecieron en un tiempo a los doce pares de Francia; ninguno volverá a tenderse, creyéndose dueño del mundo, bajo el palio cardenalicio de este mismo lecho, el mismo que ahora mismo abriga, en una última ceremonia ecuménica, la moribunda sombra de mi muerte.

Laura guardó silencio, y temí que el esfuerzo de hablar terminara por agotarla. En aquel momento Titina entró a la habitación, sosteniendo una taza de té de azahar en la mano, y la colocó sobre la mesita de luz. Detrás de ella entró Gloria, a quien no había visto hacía años. Había envejecido bastante, desde la época en que asistía triunfante a las fiestas de Guamaní del brazo de Nicolás, pero actuaba como si no se hubiera dado cuenta de ello. Llevaba puesto un vestido malva pasado de moda, con un escote empinado sobre el abismo marchito de los senos, el pelo suelto y unos tacones llamativos, de piel de lagarto fucsia, relampagueándole bajo las faldas. Pasó por mi lado sin mirarme, como si yo fuese un fantasma, y entre Titina y ella incorporaron a la enferma sobre los almohadones de pluma. Luego le fueron dando, cucharada a cucharada, la infusión. Terminada la obra caritativa, se sentaron al pie de la cama, como si les interesara a ellas también escuchar el relato de Laura.

La enferma pareció dormir y guardó silencio por largo rato. Las alhajas que cubrían su cuerpo destellaban en la oscuridad, al mismo ritmo lento, casi imperceptible, de su respiración. Me sentí de pronto agotado, consternado por la angustia y la desilusión. No se me ocurría nada para evitar que Arístides y sus hermanas vendieran la Central Justicia, agravio imperdonable para el orgullo de Guamaní. Tampoco me atrevía a preguntarle a Laura por el testamento, y, en el caos de aquel cuarto, no hubiese sabido ni por dónde empezar a buscarlo. Luego de escuchar la vergonzosa confesión de Arístides, por otro lado, no estaba seguro ni de si valía la pena intentarlo.

Hice un gesto para levantarme de la silla y marcharme, pero mi cuerpo debió producir algún roce indiscreto, porque la enferma salió de pronto de su letargo. Me miró sorprendida, como si el río de recuerdos la hubiese de pronto abandonado a la orilla del lecho, y no supiese cómo había llegado hasta allí.

—Ubaldino y yo tuvimos un buen matrimonio, Don Hermenegildo; fuimos, durante treinta años, la pareja más feliz de Guamaní. Eso no quiere decir que al principio no tuviéramos nuestros pequeños contratiempos: al enterarse de nuestro noviazgo Doña Emilia y Doña Estéfana se opusieron terminantemente a nuestro matrimonio, porque según ellas mis apellidos no eran lo suficientemente encumbrados para casarme con un De la Valle. Mi padre, Don Bon Bon Latoni, era un oscuro comerciante corso, que había hecho su fortuna vendiendo de contrabando refrigeradores de hielo y fogones de carbón de casa en casa, y ellas hubieran preferido sin duda a una Cáceres o a una Acuña, de esclarecido escudo relumbrándole sobre el meñique, para consorte de su Delfín. Precisamente por aquellos días, sin embargo, murió mi padre, y como yo era huérfana e hija única, la pequeña herencia a la que tuve acceso hizo mucho por refinar en mis oídos el retintín vulgar de mis apellidos, celebrándose muy pronto felizmente la boda.

Al llegar a esta casa de recién casada, me di cuenta de que aquella familia era muy extraña. La única pasión de las tías, que Ubaldino también compartía, consistía en investigar, en enormes libros de polvorienta piel de chivo, las intrincadas ramas del árbol genealógico de los De la Valle. Que si la abuela mengana era hija de la condesa sutana, que si el abuelo perencejo era biznieto del marqués perengano, y por lo tanto ellas eran tataranietas de las hijas del Cid. En la casa, por todas partes había escudos y blasones, en los platos, en los cubiertos, en las bacinillas, y hasta en las prendas más íntimas de la ropa interior. El delirio de grandeza de las tías era tan grande que, aun siendo angustiosamente pobres (la Central no dejaba aún dividendos y ellas se ganaban por aquellos tiempos la vida tejiendo mantillas y rebozos de encaje para las señoras adineradas del pueblo), no podían vivir sin soñarse servidas por muchedumbres de obsequiosos sirvientes. Los servicios casi altruísticos de Titina y Néstor no eran suficientes; y por ello habían pintado, sobre todas las puertas de bate y bate de la casa, un verdadero ejército de lacayos quiméricos que, enturbanados y enchaquetados a la veneciana, se precipitaban a ofrecerle sus bandejas repletas de manjares o sus jofainas de agua de rosas cada vez que ellas entraban y salían orondamente por ellas.

Aquel insoportable follón de abolengo de las tías y de Ubaldino al principio me sacaba de quicio, pero aprendí por fin a ignorarlo. Lo que no soportaba era escuchar a las ancianas, hasta altas horas de la noche, dándole vuelo a la hilacha en sus sillones, discutiendo cuáles familias de Guamaní tenían raja y cuáles no. Un día mi curiosidad ante aquella fea costumbre pudo más que yo y, deteniéndome junto a ellas les pregunté riendo que si no exageraban un tanto, ya que la profusión de malhablados matrimonios era tal, que para aquella fecha no debería de quedar ni una sola familia blanca en todo Guamaní. El pavor y el asombro que se dibujó en sus rostros me hizo estallar de risa, pero aquella noche desahogué la ira que en verdad sentía con Ubaldino.—Si tus tías se creen que cagan más arriba del culo y la mierda les huele a rosas —le dije cuando nos tendimos a descansar sobre este mismo lecho— yo no les llevaré la contraria. Pero por favor ordénales que no vuelvan a repetir frente a mí esas sandeces de quién es negro y quién no lo es, si no quieres que mañana mismo amanezcan de patitas en la calle.

Ubaldino sabía que yo podía muy bien hacer valer mi amenaza. Acababa de invertir en la Central todo el dinero que había heredado de mi padre, y lo había hecho a título propio, ya que, al casarnos, yo había insistido en firmar un documento de separación de bienes. Mi inversión en la Justicia fue por lo tanto una inversión de amor constante y sonante, dos cosas que he sabido siempre combinar sabiamente.

Pasaron los años y Ubaldino me complacía en todo.

Nos queríamos mucho y, como en nuestro fogón ardió siempre un buen sancocho casero, no se nos hacía en lo absoluto difícil consentirnos el gusto. Como él se encontraba siempre muy ocupado, en sus idas y venidas a la Capital como Senador, yo me hice cargo de gran parte de los quehaceres de la administración de la Central y, gracias a nuestros esfuerzos aunados, ésta pasó pronto a ser, luego de la Central Ejemplo, la más productiva del valle. Pasaron así serenamente los años: las tías murieron, embalsamadas en el polvoriento perfume de sus tomos heráldicos; nuestros hijos nacieron, crecieron y se educaron tranquilos.

Una sola nube empañaba el horizonte límpido de nuestras vidas: a pesar de que nuestras hijas llevaban un nombre ilustre, eran herederas ricas y bien parecidas, jamás eran invitadas a las fiestas que se celebraban en las casas de buena familia de Guamaní. Al cabo de algún tiempo, comenzaron a desesperarse: en aquellos asaltos, jaranas y té danzantes era que se formalizaban los noviazgos, y quedar excluidas de ellos equivalía a quedar eventualmente condenadas a vestir santo. Fue entonces que, por sobre la cabeza de Ubaldino, la Ofelia, la Zebedea y la Eulalia, comenzaron a aceptar las invitaciones y agasajos de los hijos de los dueños de la Central Ejemplo, nuestros enemigos acérrimos, hasta terminar casadas con ellos.

El matrimonio de nuestras hijas, no obstante, Don Hermenegildo, no fue para nosotros nunca un problema grave. Pensábamos que mientras tuviéramos a nuestros hijos, a Arístides y a Nicolás, no teníamos por qué preocuparnos. Ellos podrían heredar la Justicia, mientras que a nuestras hijas les dejaríamos otros terrenos y propiedades, que compensarían su exclusión de la Central en nuestro testamento.

Nos preperábamos ya Ubaldino y yo a enfrentarnos a una vejez relativamente serena, premio de una vida ordenada y sin sobresaltos, cuando yo hice un descubrimiento aterrador. En sus correrías políticas por la Capital, Ubaldino había contraído sífilis y yo, aterrada de que la espina dorsal se me desintegrara o el cuerpo se me brotara de pústulas, me negué a tener más relaciones sexuales con él. Por aquel entonces Arístides acababa de traer a Gloria a trabajar a la casa, para que me ayudara a cuidar a Ubaldino, y para que me sirviera a mí de dama de compañía. Gloria es una joven de origen humilde y por lo tanto sensata, que se ríe de las fanfarronadas de la aristocracia, y entre nosotras se estableció muy pronto una amistad sincera. Por eso, a los dos meses de trabajar con nosotros, se atrevió a hacerme un comentario curioso. No comprendía por qué en la casa todo el mundo hablaba de Don Julio Font como si hubiese sido un comerciante español, cuando ella lo había conocido y estaba segura de que no hablaba con acento extranjero.

Quedé maravillada ante la revelación. Al preguntarle más sobre aquel asunto, me contó que había nacido en un barrio cercano a la Central y que había jugado con los hijos de Don Julio cuando era niña. Le comenté si recordaba el físico del aludido, porque según Ubaldino y las tías, había sido un hombre muy bien parecido, de tez blanca como la nata y los ojos de un dorado profundo, salpicados de un verdín cruel y sensual, y había sido por aquel porte de conquistador que Doña Elvira se había enamorado tan locamente de él. Gloria, que cosía en aquel momento a mi lado en la sala, detuvo su aguja en el aire y me miró sorprendida. Creyó, increíblemente, que bromeaba.

—Don Julio era en efecto, muy bien parecido —me dijo riendo—, pero no era para nada como usted me lo acaba de pintar. Era un mulato alto y fornido, el mejor domador de caballos de toda la región.

Un rayo caído del cielo en aquel momento me hubiese dejado impávida. Sentí que la lengua se me quedaba soldada al paladar, y tuve que hacer un esfuerzo para recuperar el habla. Había sido entonces aquello, aquel escándalo innombrable, lo que había llevado a las tías a desterrar a su sobrina de la hacienda: la refinada y culta Doña Elvira, educada en París entre algodones de seda, se había enamorado de un negro. Era por eso, entonces me di cuenta, que mientras en la casa abundaban los retratos de Doña Elvira, no había un solo óleo, silueta o daguerrotipo del pobre Don Julio Font. Era por eso que, cuando en los elegantes tés de Guamaní yo mencionaba ingenuamente el nombre de Don Julio, las cucharillas de plata caían de pronto segadas sobre los platos, y las cejas de todos los presentes, como latigos finísimos, se alzaban sobre los rostros en señal de reprobación. Era por eso que en Guamaní a nuestras pobres hijas las habían siempre ninguneado, prohibiéndoles seguramente a sus maricones de hijos que las invitaran a las fiestas, y mucho más que se enamoraran de ellas.

Veo por su expresión de resignación adolorida, Don Hermenegildo, que este tema para Usted no es nada nuevo, que Usted también está enterado del secreto a voces de los De la Valle. Como era tan amigo de Ubaldino, seguramente me odiará por atreverme a mencionar, a deletrear con todas las letras de ese abecedario que la muerte aún no me ha arrancado la lengua, que su padre, Don Julio Font, era negro. Pero ésa es, después de todo, la función de la muerte: nivelarnos a todos en nuestra última hora, obligarnos a reconocer que el coño y el carajo no tienen casta ni raza, y que, entre feces et urinae, todos somos iguales. En este país los humos de abolengo y de limpieza de sangre no son más que perifollos de necios, justificaciones caducas para la posesión de fortunas que sólo pueden acreditarse al fin y al cabo a sí mismas, porque el dinero es hoy la única ceiba genealógica que queda aún en pie. Aquí los aristócratas todos tapan, todos disimulan, todos se empolvan con la harina de la respetabilidad o con el azúcar Polvo de Diamante, mientras sus fortunas se les escurren entre los dedos, y van a parar irremediablemente a los cofres de la Central Ejemplo.

Tan mulato era mi padre, Don Bon Bon Latoni, como fueron los tatarabuelos de los Cáceres y de los Portalatini, sólo que a mí no me avergüenza decirlo. A mí no me avergüenza cantar, para que todos me oigan, aquella copla desvergonzada que dice: "¿Y tu abuela, dónde está?", porque a mí los extranjeros no me podrán quitar jamás la Central Justicia. Porque aunque mis hijas se casaron con los dueños de la Ejemplo; aunque un hijo me salió cipayo y el otro me lo arrebató la muerte prematuramente, ahí me quedan todavía Gloria y Nicolasito, al que quiero como un hijo, a pesar de ser sólo mi nieto.

El descubrimiento tardío del secreto de los De la Valle me causó no pocas tribulaciones de alma, Don Hermenegildo. No sólo por lo que aquello me revelaba sobre el trato social que recibían mis hijas en Guamaní, sino por haberlo sabido tan tarde, cuando Ubaldino ya estaba enfermo y se me hacía imposible cantarle, como yo hubiera querido, sus merecidas verdades. No fue su fe ingenua en aquella historia ridícula del asesinato de Doña Elvira por un comerciante español, producto de su imaginación afiebrada, lo que lo llevó en determinado momento a repudiar el apellido de Don Julio y a llamarse a secas Ubaldino De la Valle, sino que fue aquello, aquel afán desesperado y clandestino de aparentar, no sólo ante los espejos biselados del Casino sino ante su propio espejo privado, una pureza de sangre que no tenía por qué buscar.

La enfermedad de Ubaldino progresaba a pasos agigantados. Durante la noche ni él ni yo dormíamos y durante el día exhibía impunemente sus vergüenzas por las ventanas y hacía sus necesidades encima de los butacones forrados de raso de la sala. Muy pronto fue necesario encerrarlo en este mismo cuarto, pero a pesar de ello sus juramentos obscenos retumbaban por toda la casa.

En su delirio, pronunciaba cochinadas irrepetibles, obsesionado por el tema del sexo. Imprecaba, gritaba y acusaba, maldiciéndome por cancerbera y amenazando con matarme.

Mi vida, Don Hermenegildo, se convirtió entonces en un calvario. Arístides y mis hijas, aterrados ante aquel drama, escasamente si entraban a este cuarto. Sólo Gloria y Titina me sirvieron de Cireneas, ayudándome a cargar aquella cruz que se me hacía cada vez más pesada. Por aquel entonces noté que la presencia de Gloria surtía un efecto balsámico sobre Ubaldino. Si Titina o yo entrábamos a la habitación con sus alimentos, sus gritos y maldiciones hacían temblar de inmediato los muros de la casa, pero cuando Gloria se le acercaba, se quedaba quieto y callado, y comía de su mano como un niño. Entre nosotras, mujeres al fin, se estableció, al ver aquella reacción del enfermo, un entendimiento tácito. Gloria haría todo lo posible porque Ubaldino se le amartelara, se hiciera de ilusiones en medio de su locura, con tal de que yo me acordara de ella a la hora de mi muerte.

Nuestro plan se nos hizo relativamente fácil: los ancianos viven más de lo que husmean que de lo que mastican, y la enfermedad había ya causado suficientes estragos en Ubaldino para que éste viviera feliz con su sueño, adormecido por el perfume de aquel pan que nunca acaba de tostársele a la puerta del horno. Entusiasmado con Gloria, pendiente de sus ires y venires de enfermera hacendosa por la casa, se olvidó por fin de mí en las noches y a la hora de la siesta, y no me fue por ello difícil lograr que en adelante durmiéramos en habitaciones aparte.

Todo iba viento en popa, y yo me daba ya con piedras en el pecho al considerar la buena suerte que había tenido, al liberarme con tanta facilidad del chancro y de sus llagas, cuando Arístides vino a entorpecerlo todo. Había sido él quien había recogido a Gloria, cuando ésta andaba practicamente mendigando por las calles de

la Capital, y eso le hacía pensar que tenía derechos ina-
lienables sobre su cuerpo y sobre su alma. Gloria entró a
esta casa a ocupar el cargo de enfermera y dama de
compañía, y por eso lo correcto hubiese sido sentarla
junto a nosotros a la mesa; incluirla desde un principio
en el cerco de nuestras actividades familiares. Pero Arístides se opuso terminantemente a ello desde un principio, porque decía que Gloria era negra.

Por más que lo intente, no lograré nunca describirle la
desazón que me invadió por aquellos días, al contemplar
el comportamiento deleznable de mi hijo. Que la muerte,
sentada ahora mismo a mi derecha, sea testigo fiel de mi
sufrimiento: no fue únicamente por mí, por el terror que
me invadía la posibilidad de que Gloria se disgustara y se
marchara de la casa, dejándome a mí sin escudo y defensa, sino que fue también por Gloria y a causa de Gloria;
porque Gloria es mujer como yo, y la considero mi amiga. Los desdenes con que Arístides la trataba eran innumerables: la obligaba a cocinar, a lavar y a planchar,
tareas que antes sólo le tocaban a Titina, y sólo bastaba
con que ésta entrara por la puerta izquierda para que él
saliera enfurecido por la opuesta.

Afortunadamente toda esta situación cambió, Don
Hermenegildo, al regresar Nicolás de sus estudios en Francia. Nicolás fue siempre mi hijo preferido, no porque fuese
mi primogénito, como suele repetir cínicamente Arístides, sino porque siempre fue el más comprensivo y
magnánimo. Al poco tiempo de su regreso, le expliqué
la situación dolorosa de Gloria, de quien Arístides diariamente seguía abusando, así como el terror que yo
sentía de que se marchara. Nicolás, espléndido como
siempre, le encontró al instante solución al problema: se
ofreció a casarse con ella, para que así se sintiera protegida, y no pensara en abandonarme.

Yo, por supuesto, vi el cielo abierto, pero luego nada
resultó como se había dispuesto. En este Valle de Lágri-

mas el hombre propone y Dios dispone, y de nada le vale a uno ponerse a dar coces contra el aguijón, porque lo único que uno logra es quedarse rengo. La boda fue apalabrada en una intimidad absoluta entre el cura, Nicolás y yo. Gloria, para mi gran alivio, estuvo en todo momento de acuerdo: luego de la muerte de Ubaldino, el matrimonio quedaría anulado, y los servicios que le había prestado a la familia le serían remunerados generosamente. Pero no bien se casaron, la novia salió encinta y exhibió su vergüenza a los cuatro vientos. Nicolás, en un momento de debilidad, cedió a la tentación de la carne, y Gloria fue una vez más la víctima de la familia.

Usted conoce bien el resto de la historia, Don Hermenegildo. Nicolás murió seis meses después de la boda. Cuando recibí la noticia del accidente no derramé ni una lágrima. Yo misma le abrí la puerta a la comitiva fúnebre, encabezada por Arístides y sus hermanas, y con el cura y los monaguillos cerrando marcha. Recuerdo que entre todos cargaban el ataúd y que sudaban. Una vez lo introdujeron en la sala, que estaba llena de parientes y de deudos, me arrojé llorando sobre la tapa y quise abrirlo. Arístides y mis hijas me impidieron hacerlo.

—Déle gracias a Dios, madre, porque se lo llevó —me dijeron en voz alta, para que todos lo oyeran—. Así ningún De la Valle volverá jamás a casarse con una negra.

Lo absurdo de aquel insulto se me subió a la cabeza, Don Hermenegildo, le juro que de ahí en adelante ya nada me importó. Lo único que quería era gritar, proclamar la verdad sobre los humos de grandeza de aquella familia. Agarrándome el vientre con ambas manos, porque el recuerdo de Nicolás me dolía como si me lo acabasen de sacar muerto de las entrañas, les grité que qué era lo que se habían creído, que si Gloria era negra ellos también lo eran, porque su abuelo, Don Julio Font, era negro. Y juré entonces a pleno pulmón, para que todo Guamaní me oyera, que ya que el apellido De la Valle era una farsa, y que nadie en aquella casa tenía derecho a él, yo, a la hora de mi muerte, los desheredaría a todos, y le dejaría la Central Justicia a Gloria Camprubí y a su hijo.

La voz de Laura había ido adelgazándose, hasta no quedar de ella más que un susurro tenue que se perdió en las penumbras de la habitación. Supe que había dejado de respirar porque las joyas, inmóviles al fin, se congelaron sobre ella en una constelación de hielo. Al otro lado de la Catedral, Titina, con el rostro convulsionado por el llanto, rezaba en silencio. Vi entonces a Gloria salir de entre las penumbras y cruzar en puntas de pie la habitación. Antes de que pudiera impedírselo se acercó al lecho y, con sus uñas pintadas furiosamente de rojo, le cerró a Laura lentamente los párpados. Ni me miró, ni pronunció una sola palabra. Deslizando la mano con atrevimiento por debajo de los almohadones de encaje, sustrajo de allí el controversial testamento. Lenta, deliberadamente, lo rasgó en dos mitades y lo arrojó al cesto de la basura, antes de salir de la habitación, dándome la espalda.

VIII. HOMENAJE A MOREL CAMPOS

Te lo dije, Titina, te lo repetí mil veces, cómo eres de mensa, tú con tu ideal de fidelidad a la sagrada familia, con tu fe ingenua en que el Niño Ubaldino les dejaría a ti y a Néstor la casita de tablones y techo de zinc al fondo del patio, que Dios lo tenga por fin presente como un santo en su peana, ardiendo al fondo de ese otro fuego parejo al nuestro, que ha comenzado ya a crepitar al fondo de la casa. No debiste nunca de ir a buscar a

Don Hermenegildo Martínez a su oficina, Titina, no debiste nunca traerlo aquí, necia que fuiste, creyendo que iba a ayudarnos, que nos iba a defender de esa manada de buitres, cuando los De la Valle y sus amigos son todos aves de un mismo pelaje y de una misma garra.

Si Don Hermenegildo vino, si se dignó a salir de su augusto despacho repujado en cuero donde vive desde hace años encerrado, escribiendo novelas sentimentales sobre los hacendados arruinados, no fue para hacernos a nosotros el favor, ni para entregarnos la Central Justicia en bandeja de plata, sino para avisarle a Arístides y a sus hermanas que existía el testamento de Doña Laura. Aunque de una cosa no me arrepiento, Titina, y en parte me alegro de que hayas invitado a venir a nuestra casa a ese buitre, a cebarse impunemente de nuestras entrañas: nosotros habremos perdido la Central Justicia, pero Don Hermenegildo no podrá ya escribir la novela que planeaba, que quizá hasta comenzó a escribir.

Allá debe de estar todavía, sentado junto al lecho de la difunta, inventando seguramente nuevos capítulos, nuevas maneras de tergiversar la historia que escuchó de los labios de los protagonistas mismos de este melodrama insigne. Y si se escapara, si lograra de alguna manera salvarse de los ríos de bencina azul que derramamos ahora sobre los tachos de bagazo reseco, sobre los montones de cañamiza sedienta que se aglomeran siempre alrededor de las casas de las haciendas, si logra hurtarle el cuerpo a la lluvia de pavesas de caña que se arremolina ya a nuestro alrededor como un presagio de infierno, nos quedará la satisfación de saber que no podrá ya nunca escribir la apología de un hombre que él creía un líder y un prócer, y que estaba desde hacía tiempo tan corrupto.

No llores más, Titina, no llores más ni por Nicolás ni por Doña Laura. En vez de llorar, canta, acompáñame a cantar mi canción preferida, esa danza tan cursi del Gran Morel que Nicolás y yo cantábamos mientras hacíamos el amor en los sótanos de la casa. Escucha el restallar de las cañas encendidas como quien oye el chasquido de esos látigos de azúcar que ya no han de caer más sobre las espaldas indefensas de los peones; regocíjate porque la Central Justicia va por fin a desaparecer, consumida por el fuego de un amor maldito.

Escuchar la confesión de Doña Laura hace un momento, Titina, me confirmó finalmente en lo que teníamos que hacer, en lo que esta tierra misma, cansada ya de tanta lucha al fondo de sus entrañas, nos ordenaba. Tú conoces mejor que nadie la historia de Doña Laura, traicionada tantas veces por su marido. Y no eran los sórdidos embrollos de faldas lo que la hacían sufrir, sino los embrollos políticos, que han dividido siempre a esta familia como un abismo. Doña Laura era independentista, y por eso su hijo preferido siempre fue Nicolás, mientras se peleaba todo el tiempo con sus otros hijos. Al final terminó también odiando a Don Ubaldino. Porque tu amado Niño fue, como tú dices, Titina, siempre independentista, y hubiese quizá muerto de independentista feliz, si al llegar a Senador la Central Justicia no se le hubiese vuelto de pronto un Potosí.

Tú fuiste testigo, en los cuarenta años que llevas en esta casa, del derrumbe de Don Ubaldino. Estabas ya con él cuando, obsesionado aún por sus gloriosos sueños patrios, llegó a esta casa en compañía de sus tías, más pobre que un ratón de iglesia y haciendo de tripas corazones, luego de arrancarle la Central Justicia a los extranjeros como se le arranca un colmillo a un elefante. Pero una vez en el Senado el Águila de Guamaní, el defensor de la dignidad del pueblo, se convirtió en un politicastro más, declamador de versos y de discursos huecos, de entre los que pululaban entonces por las marmóreas salas. Muy pronto se dio cuenta de que era imposible conjugar la magnesia con la gimnasia, costear los cruceros a Europa, las cuadras de caballos de paso fino, las queridas y los Rolls Royce sin aliarse a los intereses de sus antiguos enemigos, los dueños de la Central Ejemplo. Por un lado defendía la independencia y bordaba, con su pico de oro, las glorias de nuestra patria mística, esa patria tan sentidamente cantada por nuestro Gran Gautier: búcaro de flores columpiado entre las espumas, perla que el mar entre su concha arranca, bello jardín de América y de América el ornato; mientras que por otro lado se oponía violentamente a la ley de las quinientas cuerdas, al salario mínimo y a la jornada de ocho horas de trabajo, medidas que hundían a Guamaní cada vez más en el hambre y en la desesperación. Aquel conflicto entre los grandes intereses y los grandiosos ideales le ganó en el Senado los rimbombantes apodos de Caballero de la Raza, de Castelar Criollo, de Corazón de León, pero acabó finalmente por desprestigiarlo. Fue por eso que Don Ubaldino pasó, Titina, en menos de diez años, de prócer egregio y preclaro, a viejo lujurioso y decrépito.

Cuando Doña Laura comenzó a insistir en que Nicolasito y yo deberíamos de ser los únicos herederos de la Central Justicia, pensé en un principio que estaba loca, que el abandono y la codicia de los hijos le habían finalmente trastornado el seso. Nicolás era, tú lo sabes bien, loco con su madre, y ella, a su vez, me consideraba y me distinguía como a su propia hija. Por eso Nicolás y yo nos casamos y nos divorciamos para complacerla, perdonándole sus temores y su avaricia de vieja. Porque ella sabía que casados o divorciados, en el confín del cielo o al fondo de las zahurdas del infierno, donde la sociedad de Guamaní nos hubiese gustosamente arrojado, daba exactamente igual, tan poderosa era la pasión que nos consumía.

Yo, por mi parte, a Doña Laura también la quería. Por eso no me fui de la casa, por eso no me desaparecí una noche sin dejar rastro ni huella el día funesto del accidente. Quería en ella el recuerdo de Nicolás, el dolor inconsolable con que conjuraba su presencia en voz alta desde los balcones de la casa. Estar a su lado me consolaba porque me hacía sentir más cerca de él, como si ambas calentáramos juntas los tristes huesos de la memoria del muerto.

Cuando Doña Laura comenzó a insistir, hace sólo unos días, en lo del testamento, pensé que de alguna manera tenía razón, que era moralmente justo que Nicolasito y yo heredáramos la Central Justicia. Después de todo, si su temor era que la Central pasara a manos extranjeras, con nosotros no tendría nada que temer, pues jamás se nos ocurriría venderla. Que en eso Nicolasito y yo hubiésemos cumplido al pie de la letra la voluntad de su padre.

Nicolás amaba profundamente este valle paradisíaco, aunque no de la misma manera que lo amaban Don Ubaldino y Arístides, y fue por eso que perdió la vida. Recuérdalo bién, Titina, ilumínate la memoria con esta tea con la que ahora dibujo arabescos de fuego por las vigas de ausubo de los sótanos, por los socos de guayacán de estas celdas en las que, durante tanto tiempo, dormimos y descansamos tranquilas. Porque ese Guamaní arcádico que Don Hermenegildo tanto elogia en sus novelones románticos, no es otra cosa que un infierno, y la mayoría de los guamaneños mueren como moscas de tuberculosis, de uncinariasis y de inanición. Por eso, al mes de ser nombrado Presidente, Nicolás comenzó a repartirles a los peones de la Justicia parcelas de terreno, a regalarles sus casas y a pagarles por primera vez un salario decente, medidas que indignaron a Arístides y sacaron de quicio a Don Ubaldino, que se maldijo mil veces por su decisión.

Doña Laura nunca llegó a saber a ciencia cierta quién asesinó a Nicolás, porque en realidad daba lo mismo. Era tal el odio que padre y hermano sentían hacia él, que lo que no hubiese hecho la derecha lo hubiese hecho la izquierda, cuidándose siempre de no saber quién fue. Enterrado Nicolás y regresados los deudos a sus casas, Doña Laura ordenó una investigación del caso. Una brigada de detectives privados partió en dirección de la cordillera y recogió, uno por uno, los restos del motor y fuselaje. Al reconstruirse, se descubrió que el avión había sido saboteado impunemente, y fue entonces que Doña Laura decidió que Nicolasito y yo heredáramos la Central Justicia.

Pero ahora Néstor y tú lo han echado todo a perder, Titina, cómo eres de mensa. Ustedes, con su fe inquebrantable en el niño Ubaldino y en Don Hermenegildo Martínez, el novelista más embustero de Guamaní. Ya no llores más, mujer, ya no importa, no pierdas más tu tiempo con esas tontas lágrimas. De todas maneras, Arístides y sus hermanas jamás hubiesen permitido que Néstor y tú heredasen la casa que Don Ubaldino les había legado al fondo del patio. Ayúdame acá un poco, acércame ese otro latón de bencina y canta, canta conmigo al unísono:

> ya tu amor / es un pájaro con voz
> ya tu amor / anidó en mi corazón
> ya se por qué/ me consume esta pasión
> y por qué ardió.

II. EL REGALO

Para Ani,
por los recuerdos compartidos.

Nadie se esperaba que Merceditas Cáceres, el día que expulsaron finalmente a Carlota Rodríguez del Sagrado Corazón, colgara su banda de la manija de la puerta, dejara caer con desdén su medalla de la Congregación de los Ángeles en la urna de las limosnas, y saliera por los portales del colegio del brazo de su amiga, con la cabeza en alto y sin dignarse mirar hacia atrás una sola vez, con aquel gesto de altanería común a todos los de su clase. A su lado, por las penumbras de la portería, marchaba Carlota, el enorme cuerpo de animal pesado y manso balanceándose imperceptiblemente hacia delante y el rostro espeso de colorete y de pancake deshecho en surcos, manchando sin remedio el cuello de su uniforme con su llanto multicolor.

Merceditas renunciaba en aquel momento, en nombre de la amistad, a diez, quizá a veinte coronas de rosas que resplandecían ya listas como anillos de nieve al fondo del ropero donde se guardaban los premios del día de la graduación, mientras Carlota iba en pos de la suya, de aquella corona alucinante, de pavo real en celo, que se abrió poco después sobre su frente. Abandonaba allí, en la portería eternamente rumorosa a faldas de tabletas azules y camisas de puños de organdí, los honores duramente ganados durante tres años y medio de estudios, las bandas y medallas que ahora ya no resplandecerían jamás sobre su pecho, mientras Carlota iba en pos de los suyos, de los potes de perfume barato y de los pañuelos floreados, de los anillos y aretes en estuches de terciopelo berrendo, que le fueron tan amorosamente obsequiados por los miembros de su corte el día de su coronación. Precedida por sus carrozas de plata, desfilaría a los pocos días por la avenida Juan Ponce de León (como luego por las avenidas principales de Río, de Nueva Orleans y hasta de Surinam) vestida con su traje de lamé de 18 kilates y exponiendo, sobre el borde recamado de diamantes de su escote, sus enormes senos morenos sostenedores de una visión de mundo que merecía, en la opinión de las venerables Damas del Sagrado Corazón, los más terribles hervores de las pailas del infierno.

El mangó se lo había regalado Carlota, introduciéndolo clandestinamente en el convento luego de un fin de semana en casa de su padre. Lo sacó del bolsillo a la hora del recreo y se lo mostró a su amiga, sosteniéndolo en la palma de la mano.

—Me lo obsequiaron hoy a la hora del almuerzo los miembros del comité directivo del Carnaval —dijo sonriendo—. Es un riñón de colón; dulce como el pan de azúcar y tierno como la mantequilla. Ten, te lo regalo.

Merceditas aceptó de buena gana el obsequio y caminaron juntas hacia el bosque de quenepos aglomerados al fondo del patio. Era su lugar preferido de conversación, porque hasta allí raramente llegaban las vigilantas. Carlota le contaba de cómo había sido el almuerzo, en el que todo había tenido que ver con el carnaval.

—Candelabros de plata y plenas, bacalaítos fritos y manteles venecianos. Hubieras gozado de lo lindo si hubieras estado allí. Pero lo que más me gustó fue que el comité me regalara un hermoso riñón de colón. Antes, a las reinas les regalaban siempre un anillo o una pulsera de oro, el día de su nombramiento.

Rió en voz alta y arrojó hacia atrás la cabeza, pensando que su amiga le tomaba el pelo.

—Se llama así, no porque se lo hubiesen sacado al pobre Colón de debajo de las costillas —le explicó Carlota—, sino por la ciudad de Colombo, allá por la India, favorita de mi consorte Juan Ponce de León. De allá lo trajo, y lo sembró él mismo en la isla.

Merceditas miró a su amiga y vio que, a pesar del disparate histórico que acababa de pronunciar, le hablaba en serio. —¿Entonces ya es seguro, aceptaste lo de ser reina de carnaval? —le preguntó.

—Seré la primera reina verdaderamente criolla, ¿no crees? —dijo pasándose la palma de la mano por sobre las mejillas ligeramente trigueñas—. Antes las reinas eran todas pálidas y desaguadas. Si don Juan Ponce de León me hubiese visto, me hubiese escogido a mí. A los españoles les gustaban las morochitas.

Merceditas trató de imaginarse a su amiga con gorguera, corona y guardainfantes, pero se le hizo imposible. Carlota era gruesa, y carecía de todas las gracias sociales. Precisamente por esta razón, así como por su alegría y su candidez, la había escogido como amiga.

—Es que se me hace difícil imaginarte vestida de reina.

Carlota rió con desenfado, mostrando sus dientes blancos y fuertes, y colocó una mano cariñosa sobre el hombro de su amiga.

—Cleopatra también era rolliza y jacarandosa; y tienes que reconocer que, por las láminas que hemos visto en el Tesoro de la Juventud, más nunca tenía un pelo tan bonito como el mío.

Merceditas la observó de reojo. Su amiga tenía, en efecto, un cabello muy hermoso, que ella siempre había admirado; y lo llevaba recogido en la espalda, según las rigurosas leyes del colegio, en dos gruesas trenzas de color caoba. —Vendrá mucha gente al pueblo —añadió Carlota con entusiasmo— y aunque ya no seamos famosos, como antes, por nuestro tabaco y por nuestro café, lo seremos por nuestro Carnaval.

Su amiga le rodeó los hombros con un brazo y caminaron un rato en silencio, hasta llegar a la verja de alambres que delimitaba por el fondo la propiedad del colegio. Al otro lado de la verja se podía ver el cauce del río, reverberando al sol como una calzada de piedras.

—¿No tienes miedo de que la Madre Artigas se oponga a tu reinado? Ya sabes lo puntillosa que puede ser para toda materia de historia.

—El que quiere azul celeste que le cueste —respondió Carlota encogiéndose de hombros—. No me queda más remedio que arriesgarme. Pero puedes estar segura de que si la Madre Artigas se opone, no será por eso.

Escucharon por fin la campanilla del recreo y se separaron, tomando cada una el camino de la sala de estudios. Merceditas había depositado el mangó al fondo de su bolsillo, y lo sentía bambolearse allí contra sus piernas, disfrutando de su perfume a rosas como del anticipo de un banquete. Al llegar a su asiento lo sacó disimuladamente y lo colocó al fondo del cajón de su escritorio.

Merceditas Cáceres y Carlota Rodríguez se habían hecho buenas amigas en corto tiempo. En verdad, no podía encontrarse en todo el colegio dos alumnas más diferentes. Merceditas provenía de una familia de terratenientes, dueños de algunos de los cañaverales más fertiles del valle, así como de la central que llevaba su mismo nombre. Criada por institutrices inglesas hasta que ingresó a la academia, tenía pocas amigas y llevaba una vida solitaria, saliendo del colegio sólo los fines de semana, cuando la limusina de su familia subía con ella la cuesta de la central.

Su familia era muy grande y tenía poco contacto con el pueblo: dentro del recinto de la central había tiendas, piscina, caballos, farmacia, médicos, y varias canchas de tenis, en las que sus primos y primas jugaban diariamente unos con otros. La timidez de Merceditas se debía en parte a que no estaba acostumbrada a tratar con gentes extrañas, pero era también consecuencia de que en el pueblo los Cáceres no eran vistos con buenos ojos.

Su resistencia a hacerse miembros del casino local, por ejemplo, así como su enorme riqueza, provocaba hacia ellos la desconfianza, y en ciertos casos hasta el desprecio. Los habitantes del pueblo se negaban a hacerlos partícipes de sus actividades políticas y cívicas, y los Cáceres consentían a ello de buena gana, ya que en pocas ocasiones lidiaban con las autoridades al nivel municipal, acudiendo, para todos los problemas de su empresa, a los centros de poder en la metrópoli. Cuando se les acusaba de no tener sentido patriótico y de no ser ciudadanos de ninguna parte, los Cáceres reían, arrojando hacia atrás sus cabezas siempre rubias (de las que se preciaban sobremanera, achacándole la pinta a un antepasado alemán) y afirmaban que, en efecto, ellos eran ciudadanos del mundo, y que lo único bueno que tenía aquel pueblo era la salida para la capital.

Por esta razón Merceditas, al salir del colegio todos los viernes, se asomaba con tanta curiosidad por entre las cortinas de terciopelo gris de la limusina de su familia, observando con interés las casas del pueblo, y preguntándose cómo serían sus habitantes. Pese a su enorme esfuerzo por hacer amistad con las alumnas del colegio, había tenido poco éxito. No fue hasta que conoció a Carlota que se sintió por primera vez estimada por ella misma, sin que su apellido tuviese la menor importancia. La conversación de Carlota, salpicada siempre de bromas y comentarios pícaros, la alegraba y la divertía y disfrutaba sobre todo cuando ésta le hablaba del pueblo.

Carlota, por su parte, había descubierto en Merceditas una valiosa aliada. Su presencia en el colegio, impensable hacía escasamente algunos años, había sido el resultado de las nuevas actitudes que las monjas se habían visto obligadas a adoptar, al descubrir que la matrícula de la academia se encontraba abastecida a medias. Era un colegio costoso, y las estrecheces económicas por las que pasaban hacía ya bastante tiempo las familias más respetables del pueblo, habían sido causa de que muchas se vieran obligadas a enviar a sus hijas a instituciones menos exclusivas y selectas. Las monjas habían alterado entonces su política de admisión, y hacía ya algunos años que las hijas de los Acuña, de los Arzuaga y de los De la Valle se habían visto obligadas a compartir su educación con las hijas de los Rodríguez, de los Torres y de los Morales.

De entre estas últimas, Carlota Rodríguez se había distinguido siempre por su simpatía, aunque el color de su piel la condenaba, aun entre las nuevas, a una relativa soledad. Era la primera alumna mulata admitida al colegio en su medio siglo de historia, y su reciente admisión había sido comentada como algo sorprendente y radical aun por las familias de las "nuevas". La nueva élite pujante, cuyos apellidos se tambaleaban todavía inseguros en los registros sociales del casino del pueblo, indecisa de si asumir o no en sus cánones los preceptos de limpieza de sangre que tan arduamente habían defendido sus antecesores, prefería, en los casos desgraciadamente más obvios, adoptar una actitud benévola pero distante, que estableciera desde un principio las prioridades de los "juntos pero no revueltos".

Era cierto que la considerable fortuna de don Agapito Rodríguez, un pequeño comerciante venido recientemente a más, había contribuido a que las venerables damas democratizaran sus requisitos de admisión, hasta el punto de arriesgarse a recibir a Carlota Rodríguez en la academia. Don Agapito era viudo y veía luces por su hija, haciendo todo lo posible por que su presencia en el colegio fuese motivo de regocijo para las monjas. Había sido él quien había logrado que las casas de comestibles, entre las cuales tenía innumerables amigos, les proveyesen los modestos alimentos conventuales, el tasajo, el mondongo y la cecina, a mitad de precio; una visita al alcalde, de quien era primo segundo, les valió a las religiosas un ahorro considerable en las cuentas de la luz; una visita a don Tomás Rodríguez, jefe de los bomberos y tío suyo, les había valido el compromiso de que se les instalara un moderno calentador de agua cuyo costo él se encontraba totalmente dispuesto a sufragar.

Se felicitaban las monjas por la sabia decisión que habían tomado, cuando se percataron de la inesperada amistad que había florecido entre Carlota Rodríguez y Merceditas Cáceres. Procuraban estar juntas todo el tiempo; en los recreos, en el salón de clases y en el refectorio, habiendo tenido la suerte de que se les asignara desde un principio camas contiguas en el dormitorio del pensionado. Al principio, las religiosas temieron que la familia de Merceditas se opusiera a aquella intimidad, pero muy pronto se dieron cuenta de que sus temores eran infundados. Los Cáceres vivían eternamente yendo y viniendo del continente a la isla en sus aviones y en sus yates, y las amistades de Merceditas les tenían absolutamente sin cuidado. La amistad entre ambas niñas les ofrecía, por otro lado, la oportunidad de hacer sentir a Carlota aceptada y querida en el colegio, mitigando hasta cierto punto su soledad. Para don Agapito, la amistad de su hija nada menos que con Merceditas Cáceres era sin duda una bendición del cielo. Los padres consideraban muy importantes las relaciones y amistades que se creaban entre los jóvenes, porque servían muchas veces de base a futuros entendimientos de negocios, y es posible que hasta familiares (no sería la primera vez ni la última que el hermano de una alumna que recibía de visita en casa a una compañera de clase se enamorara perdidamente de ésta). Don Agapito se merecía, en fin, en la opinión de las monjas, aquella amistad de su hija con Merceditas, y en cuanto a los Cáceres, quienes jamás se acordaban de la existencia del pueblo, y mucho menos del colegio, se merecían cabalmente cualquier consecuencia nociva que aquella amistad pudiera conllevar.

Superados los obstáculos a su amistad, las amigas esperaban con ilusión el día en que se graduarían juntas de la academia. Merceditas le confesaba a Carlota que graduarse con todos los premios era para ella muy importante, porque le permitiría adquirir una beca para proseguir sus estudios universitarios en el extranjero. Sus padres le habían recalcado que se harían responsables de su educación sólo hasta que se graduara de la escuela superior, considerando superflua, en las hijas de buena familia, una educación profesional.

A Merceditas le daba terror pensar que podría quedarse enterrada en la central, casada con algún primo segundo y esclavizada a los quehaceres de una casa, empleando sus ratos libres en correr para arriba y para abajo tras una pelota absurda, en aquellas canchas tan meticulosamente pintadas de verde. Pensaba en la beca que la Madre Artigas se había ofrecido a conseguirle como en su único boleto a la libertad y por ello en el último año se había dedicado con tanto ahínco a los estudios.

Carlota, por su parte, aunque no tenía grandes aspiraciones intelectuales, comprendía que graduarse de la academia del Sagrado Corazón le abriría muchas puertas en el futuro, y podría ayudar entonces más eficazmente a su padre en su empeño por modernizar el pueblo. Admiraba enormemente a Merceditas, a quien veía como a su Niké salvadora. Noble y arriesgada en todos sus gestos, Merceditas la tenía siempre bajo su ala, y nadie en el colegio se había atrevido jamás a dirigirle una palabra hiriente o un comentario humillante que le hiciera recordar su origen.

La apacibilidad de Carlota, así como su buen humor, obraban, por otro lado, maravillas en Merceditas. Carlota le describía una a una las ardientes calles del pueblo, sombreadas de quenepos y caobas centenarias, aunque empleando siempre un tono de ironía sutil al referirse a los antiguos caserones decimonónicos, habitados por las antiguas familias burguesas. Decía que estas casas, por sus fachadas pintadas siempre de blanco y decoradas con una profusión de cupidos, ánforas y guirnaldas de yeso, le recordaban una hilera de bizcochos de boda recién horneados y puestos a refrescar sobre la acera. Le hablaba también, siempre con cierto retintín burlón aunque jamás cortante, de la vida que transcurría al fondo de las penumbras de aquellas casas, donde los habitantes se veían obligados a vivir con medios muchísimo más modestos que los que proclamaban los imponentes muros de sus mansiones.

Gracias a los cuentos de Carlota, Merceditas comenzó a enterarse de la historia del pueblo.

La resistencia de las antiguas familias burguesas a la ruina que significó para ellos el desembarco de las tropas norteamericanas por el oeste de la isla hacía ya casi cincuenta años, le pareció, por quijotesca que fuera, digna de admiración. La prosperidad del pueblo había dependido de la importancia de su puerto, afortunada no sólo por la enorme bahía de Ensenada Honda, tan elogiada durante el desembarco por el general Miles, sino por servir de punto de convergencia a un comercio floreciente de azúcar, tabaco y café. Las laderas de las montañas que lo circundaban por el norte y por el oeste se encontraban por aquellos años minuciosamente cultivadas de estos productos, que sus propietarios, los dueños de las pequeñas haciendas y fincas del interior, traían sobre bestias de carga hasta los malecones del puerto, para que fuesen embarcados hacia el extranjero. La caña de azúcar, por otra parte, se cultivaba en la bajura, y arropaba con su pelaje brillante de extremo a extremo el fertilísimo valle. Los guamaneños enorgullecíanse entonces de que su azúcar, su café y su tabaco fuesen considerados los mejores del mundo en los pueblos más alejados de Europa y Asia, y habían aprovechado bien las bonanzas de la prosperidad, edificando hermosos teatros, plazas, logias y canódromos, y hasta una catedral cuyas torres brillaban arrogantes contra el cielo, porque habían sido repujadas en plata.

Todo esto cambió, según Carlota, y había de seguir cambiando, con la llegada de los norteamericanos a la isla. Con la ruina del tabaco y del café, las tierras de la altura cayeron en el abandono, y las casas comerciales se vieron sumidas en la ruina. Muchas de las centrales criollas pasaron entonces a manos extranjeras (como sucedió con la Justicia, la central de los De la Valle, que fue absorbida por la Central Ejemplo), pero los que no vendieron y lograron sobrenadar la crisis, se hicieron cada vez más poderosos. Éste fue precisamente el caso de los Cáceres y su central Las Mercedes. Los Cáceres no sólo vendían muy bien su producto en Norteamérica, embarcando su azúcar refinada en botucos que, como cajas de caudales repletas de oro blanco, rodaban directamente hasta el puerto, sino que tuvieron la brillante idea de montar, hacía ya cerca de diez y siete años, una destilería de ron.

Al principio ésta no fue sino un alambique más, de los cientos que pululaban en los traspatios de los galpones de las haciendas, pero muy pronto fue ampliándose, gracias a la popularidad de su producto. Se libraban por aquel entonces las batallas más sangrientas de la Segunda Guerra Mundial, y los veteranos guamaneños regresaban a sus hogares mancos y tuertos, buscando ahogar sus penas en el primer bálsamo de Fierabrás que les cayera al alcance. Ninguno mejor que el ron Don Quijote de la Mancha, cuyo caballero aporreado, famélico y estrasijado, estampado sobre la etiqueta, representaba tan adecuadamente el maltrecho honor de la patria.

Y no fue únicamente entre los veteranos criollos que el Don Quijote prendió al éstos identificarse con su trágico héroe, sino que se hizo de pronto sorprendentemente popular en Norteamérica. Los habitantes de la Metrópoli le habían cogido el gusto a aquel ron exótico, que se producía en sus colonias, y se sentían enormemente orgullosos de él, como prueba fidedigna de su ascendencia en el mundo, como joven nación que se aupa. Francia bien podía tener su Ron Negrita e Inglaterra su Tío Pepe, embotellado y empacado en Dover, sin que esto les quitara el sueño. Ahora ellos tenían su ron Don Quijote, que conquistaba el mundo desde la altura de su Rocinante famélico.

Los Cáceres, en fin, como resultado de las fabulosas ventas de su ron manchego, se enriquecieron considerablemente, y construyeron en derredor de su central un poblado progresista y moderno, salpicado de piscinas inmaculadas que a mediodía brillaban como aguas marinas heladas en medio del calor asfixiante y rodeado por manicuradas canchas de tenis y afelpados campos de golf. El ambiente era allí de absoluta informalidad: a diferencia del pueblo, por ejemplo, donde las mujeres no se hubiesen atrevido jamás a salir a la calle "embutidas en pantalones que hay que meterse con calzador", como vociferaba los domingos desde su púlpito el cura español del pueblo, en Las Mercedes éstas andaban siempre en shorts, calzaban tenis Converse y, tendidas junto a sus piscinas, hacían un rito diario del tostarse desnudas al sol. El que en Las Mercedes, a más de esto, los habitantes hablasen un español cundido de anglicismos, y se negasen a participar, en su mayor parte, de las obligaciones cívicas y religiosas de Guamaní contribuía al sentimiento de enconada animosidad que experimentaban hacia ellos los habitantes del pueblo.

Guamaní, por otro lado, desprovisto del auge comercial que le había proveído su comercio con países distantes, se replegó por aquellos años sobre sí mismo, encogiéndose y marchitándose como un enorme cuerpo calcinado.

Los hermosos edificios coloniales, los teatros ornados de columnas y las plazas ornadas de fuentes, caídos hacía ya tiempo en desuso, comenzaron a parecer más obvios y desproporcionados, sobresaliendo por sobre la modorra y la soñolencia del pueblo como una osamenta misteriosa e incomprensible. Al fondo de aquellas casas palaciegas, disimulando con resentimiento su orgullo y su pobreza, habían vivido hasta entonces las antiguas familias burguesas.

Este relato era del todo nuevo para Merceditas, aislada como había vivido hasta entonces en su casa de amplias verandas que sobrevolaban el cañaveral. Sentada junto a su amiga a la sombra de las toscas piedras de la Gruta de Lourdes, o en el transcurso de sus lentos paseos por el bosque de quenepos, la escuchaba hablar con admiración, percibiendo, en su rostro iluminado por el entusiasmo, cuán grande era su amor por el pueblo.

Pero Carlota provenía de otros medios, y su interés por las viejas familias burguesas no pasaba de tener un interés romántico. Su padre y ella creían ambos en el progreso y abogaban por la modernización, trabajando afanosamente por insuflarle vida a las actividades cívicas y sociales. Don Agapito era miembro de todas las juntas directivas de los hospitales y de las penitenciarías desde las cuales luchaba porque en los primeros se adoptaran los más modernos métodos de curación, y porque en las segundas se les diera un tratamiento más humano a los presos. Era presidente de la Liga Juvenil de Peloteros, presidente de los Leones y de la Cámara de Comercio, en cuyos centros recomendaba siempre la admisión de sus amigos por sobre la de aquellos miembros de apellidos encumbrados que vivían recluídos en sus casas, soñando con las glorias de otros tiempos mientras dejaban morir el pueblo.

Una sola vez al año se regresaba, como quien dice, al pasado, y esto sucedía en época de carnaval. Desde que el mundo era mundo, el carnaval de Juan Ponce de León había sido el evento social más sonado de la comunidad. El Rey Momo, las congas, los diablos, los vegigantes, cambiaban de disfraz todos los años pero eran siempre los mismos; y para llegar a participar en las fiestas con la categoría de una de estas figuras populares, no era necesario obtener ninguna orden o permiso especial. Otro era el caso, sin embargo, con los miembros de la corte de Juan Ponce de León. Para llegar a ser caballero de peto y adarga, o incluso paje, era absolutamente imprescindible ser un Acuña, un Portalatini o un Arzuaga, y, en el caso de la reina, figura central de aquellas celebraciones, el requisito era casi sagrado. Por esto se instituía, año tras año, un comité de ciudadanos respetables, de cuyo exclusivo prurito dependía la adecuada selección de una reina.

Constituida por fin la corte, tras prolongadas deliberaciones y escrutinios, los miembros de las antiguas familias se arrojaban en cuerpo y alma a los preparativos, dispuestos a dejar una vez más pasmados a los habitantes del pueblo con el enceguecedor despliegue de sus antiguas riquezas. Se tomaba siempre para ello un tema diferente de la época colonial, que podía ser la piratería que había cundido entonces por aquellas costas o la trágica y malhadada visita del conde de Cumberland a la antigua Plaza Fuerte de San Juan; o bien, como en el reinado de Carlota en aquel año de 1955, la histórica gesta de Cristóbal Colón.

A estas celebraciones había asistido Carlota desde niña, observando, con ojos dilatados de asombro, desde el modesto balcón de balaustres de madera de su casa, el lento rodar de aquellas carrozas cargadas de flores y patinadas con polvo de oro, sobre las cuales desfilaban, tiesos e implacables en su desprecio por el mundo, y abriendo y cerrando sobre sus espaldas sus mantos empedrados de enceguecedoras piedras, los hijos de los Acuña, de los Arzuaga y de los De la Valle.

Como todos los días a la hora de la labor, la Madre Artigas se paseaba por entre las alumnas en la sala de estudios, observando el desigual subir y bajar de las agujas como dardos diminutos en sus manos; cuando de pronto se detuvo. Percibió un poderoso perfume a rosas que venía de muy cerca y, juntando con severidad las manos debajo de su esclavina, observó detenidamente el perfil de las niñas a su alrededor. Le llamó la atención el tinte subido de las mejillas de Merceditas, y se acercó lentamente a donde ésta se encontraba.

—¿Tendría la bondad de abrir su escritorio?— le preguntó con una sonrisa, inclinándose un poco hacia ella y evitando que la orla de su velo le rozara el hombro.

Merceditas se sintió tentada de mirar a Carlota, pero se contuvo. Fijó los ojos a la altura del rosario de gruesas cuentas negras que le colgaba a la Madre Artigas de la cintura. Levantó poco a poco la tapa de su escritorio, quedando expuesto su contenido: libros, jabonera, vaso plegadizo, lápices, delantal azul, velo negro y velo blanco, nítidamente enrollados uno junto al otro. La Madre Artigas introdujo la mano en el cajón, siguiendo, como si llevara el sentido del olfato en la punta de los dedos, la pista del riñón de colón. No se equivocó: levantó el velo negro y allí estaba, grueso y exuberante, palpitando su perfume a rosas hacia todas partes. La miró con sorpresa, aunque todavía sonreída.

—Me lo regaló Carlota, Madre, es un riñón de colón. Se lo obsequiaron en el almuerzo en que quedó por fin confirmado su nombramiento de reina de carnaval. Si quiere, le doy a probar un pedazo.

Había hablado ingenuamente, confiando en que la Madre Artigas sería benévola con ella. Sabía que estaba prohibido meter frutas a la sala de estudios; pero la falta de disciplina no era grave.

—Hizo mal en aceptar el obsequio —le dijo en un susurro helado—. Ahora tendrá que vivir con él hasta el día de su graduación.

Y volviéndole la espalda, se alejó rápidamente de su lado.

La hermosura de la Madre Artigas tenía mucho que ver con la autoridad que ejercía por aquel entonces en el colegio. Tenía uno de esos rostros traslúcidos, en el cual la armonía de las facciones quedaba destacada por la total ausencia de cosméticos, y la exquisitez de sus modales y de sus gestos proclamaba en todo momento la prosapia de su alcurnia. Alta y cimbreada, se desplazaba por toda la casa como un sauce sombrío, arrojando su sombra ubicua por pasillos y salones a las horas más inesperadas. Sus botines de trapo, meticulosamente desempolvados al amanecer por las hermanitas, así como los pliegues de gasa negra de su velo, perfumados por ellas diariamente con espliego, parecían estar a todas horas en todas partes, velando por el funcionamiento del colegio.

A diferencia de la mayoría de las monjas, la Madre era de origen isleño, y por su ascendencia nativa se consideraba que podía lidiar, con mayor provecho que sus compañeras, con los eternos problemas de disciplina de las niñas. Las educandas no eran finalmente sino unas señoritas comunes, pero después de su graduación se convertirían en algo muy especial, que exigiría el respeto y la deferencia de todo el pueblo: en Alumnas del Sagrado Corazón.

Las compañeras de la Madre Artigas eran, por otro lado, casi todas continentales, nacidas en Valparaíso, en Cali o en Buenos Aires. En sus modales entristecidos y refinados, en el nerviosismo de sus párpados y de sus manos, se adivinaban las razones que las habían llevado a refugiarse tras los macizos muros de aquel convento, perdido en una isla del Caribe. Bajo sus velos alforzados se disimulaba un sinfín de amargos dramas, desahucios quizá de amor o de dinero, de esos que sufrían entonces las encopetadas familias latinoamericanas cuyas fortunas habían tenido una base agraria, y para quienes el progreso industrial había significado un lento pero inevitable desangre.

Encastilladas en sus recuerdos, estas monjas solían esquivar toda ocasión desagradable que las llevara a enfrentarse a la realidad específica en que vivían, a un pueblo y a unos habitantes cuyas idiosincrasias y costumbres les resultaban tediosas e incomprensibles. Habían logrado levantar, con gran sacrificio sin duda, la suma de dos mil dólares que exigía para aquel entonces la dote de las novias del Sagrado Corazón, y celebradas una vez las bodas, buscaban por todos los medios el olvido que les era debido, sometiéndose sin queja a la dura ordenanza de anonimia y desapego del mundo.

Para ellas, las alumnas que entraban diariamente a sus salones, revoloteando alegremente como pájaros, no tenían jamás rostro ni nombre; eran más bien bandadas de almas. Sabían que, en cualquier momento, se verían obligadas a abandonarlas, siguiendo las férreas directrices de la Casa Madre en Roma, que no permitía que ninguna monja permaneciese en la misma sede conventual por más de tres años. Las veían entrar entonces a sus salones, no como niñas nacidas en un determinado país, procedentes de una sociedad específica, sino como las hijas de todos y de nadie, abandonando en manos de la Madre Artigas todo lo referente a su disciplina y a su corrección moral.

Existía una situación adicional, que le confería a la Madre Artigas una autoridad indiscutible ante los ojos de las monjas. Había sido la largueza de la familia Artigas, al donar su casa solariega a la Casa Madre en Roma, lo que había hecho posible, desde hacía ya treinta años, que las niñas adineradas del pueblo tuviesen la posibilidad de llegar a ser algún día Alumnas del Sagrado Corazón. La Madre Artigas tenía una enorme capacidad para el trabajo, y era ella quien se aparecía desde el amanecer a las puertas de las cocinas, a instruir desde allí a las hermanitas sobre cómo aderezar más sabrosa y económicamente los modestos alimentos que luego se consumirían en el refectorio. Era ella quien conducía, con seguros movimientos de mando, el complicado tren de lavado de la comunidad, separando personalmente los sagrados lienzos en los que hubiese podido quedar olvidado algún fragmento de oblea divina, de las interminables sábanas en las que dormían las niñas, y velando por que las hermanitas lo sumergieran todo en almidón y lejía, en las rústicas piletas de cemento al fondo del patio. Se ocupaba, en fin, de todo y de todos, afirmando con orgullo que todo aquello lo hacía porque aquella casa era parte de su propio corazón.

La dote de dos mil dólares necesaria para llevar a cabo el ingreso a la Orden no había constituido, para la Madre Artigas, un problema de mayor importancia. Su familia había sido y seguía siendo una de las familias más poderosas del país, parientes de los De la Valle por parte de madre, y sus padres hacía tiempo que se habían mudado a vivir a la capital. La entrada de la Madre Artigas a la Orden había sido efectuada por medio de una dispensa papal especialísima, que la eximía de la dura regla del desarraigo a la que se veía sometido el resto de las monjas. Había prometido, no obstante, a la hora de ser coronada con el velo purísimo de las novias del Señor, aplicarse a sí misma sin compasión la ley del desapego y del renunciamiento del mundo, que le era exigida también a sus compañeras. Agradecida por el enorme privilegio que le había sido concedido de permanecer en la isla, había jurado no caer jamás en los traicioneros afectos personales que tantas desgracias le acarreaban a la humanidad.

Era por esto que todo entrañamiento humano, que toda amistad entre niñas y niñas o entre monjas y niñas (las hermanitas, por supuesto, no contaban, porque aunque planchaban, cocinaban y lavaban, ocupándose de todas las labores domésticas del convento, eran prácticamente invisibles) era ya en principio mal vista por la Madre Artigas. En su opinión, el apego, el cariño y hasta la mera simpatía entre las educandas atentaba contra esa unión única, perfecta e irrevocable que tomaría lugar algún día entre cada alumna del Sagrado Corazón y su terrenal esposo.

Desde que la Madre Artigas había sido nombrada Corregidora del colegio, había arreciado la vigilancia en todas las partes. En cada salón, en cada pasillo de persianas verdes enlistado de sombras, en cada sendero polvoriento del patio por los que se perdían las alumnas a la hora del recreo, la Madre Artigas había apostado una vigilanta, una celadora alerta y avizora, cuya toca negra ensombrecía las risas y tornaba en susurros las conversaciones de las niñas.

Los conceptos de disciplina de la Madre Artigas, sin embargo, cambiaban radicalmente al encontrarse frente a Merceditas Cáceres. Sentía un enorme afecto por esta alumna, con la cual solía ser en general indulgente y comprensiva. Merceditas había sido, durante sus tres años y medio de internado, un modelo de comportamiento, y la Madre Artigas albergaba altos designios para ella. Solía supervisar personalmente sus estudios, y su discípula le tenía afecto y agradecimiento por ello. Le dedicaba horas enteras a explicarle problemas de cálculo y de lingüística (la Madre Artigas tenía una educación extensa, y acreditaba a su nombre varios doctorados de ciencias y literatura adquiridos en el extranjero) y, hasta la llegada de Carlota Rodríguez al colegio, había sido su mejor amiga.

La Madre Artigas pertenecía a este tipo de monja ardiente, encendida por el celo de la vocación, y le hablaba a menudo a Merceditas de las ventajas espirituales de merecer un destino como el de la princesa de Clèves. Tenía una lengua de seda, y a su alumna le gustaba escucharla sobre todo cuando le contaba de cómo habían sido sus nupcias divinas, sintiéndose quizá alguna vez tentada a imitar su ejemplo. Le hablaba entonces del Sagrado Corazón como una "llama de amor viva en la cual el creyente necesitaba purificar su alma, para lograr algún día la unión con Dios", y la estimulaba a que asistiera a menudo a las diversas actividades piadosas que se celebraban en la capilla. Para la Madre Artigas, la tibieza espiritual era el pecado más peligroso, porque adormecida en la indiferencia era como la mayor parte de las almas iba finalmente a dar al infierno. Merceditas hizo entonces un esfuerzo conciente por asistir a las numerosas novenas, rosarios y bendiciones, y hasta comenzó a hacer la comunión todos los primeros viernes de mes, pero se le hacía muy difícil desarrollar una auténtica afición por los ejercicios devotos. Llegado el quinto o el sexto mes, se le olvidaba siempre presentarse a tiempo en el colegio para recibir la sagrada forma, llegando a la postre a desistir del privilegio de la salvación que aquella actividad le aseguraba. Sentada en el banco de su reclinatorio, escuchaba los interminables cantos y rezos de sus compañeras hasta sentirse mareada por el olor del incienso y de los lirios, y se convencía cada vez más de que si por sus buenas obras no lograba ganarse el cielo, mucho menos se lo ganaría por medio de aquellas actividades que sólo lograban sumirla en el aburrimiento. Algo había en la Madre Artigas, a más de esto, que a Merceditas le inspiraba desconfianza. La perfección de su rostro y su extremada cortesía la inducía a guardar con ella ciertas distancias, sintiéndose así unas veces atraída y otras repelida por aquella monja, como falena que revolotea sobre la llama.

Era por todo esto que el tono helado de la Madre Artigas, al descubrir el mangó que le había regalado Carlota aquella mañana, le había parecido tan extraño. Observó, sin embargo, al pie de la letra su mandato. Colocó la fruta en un ángulo preciso al fondo de su escritorio, para que las gotas de almíbar que supuraba su piel no mancharan los demás objetos que guardaba dentro del cajón. Al principio no comprendió la magnitud de su castigo, y el aroma que se desprendía del mangó durante sus largas horas de estudio le parecía más bien un premio inmerecido. Lo observaba de reojo mientras escribía, leía o cosía, y el parecido que descubría entre su silueta acorazonada y las morenas mejillas de Carlota la contentaba.

En realidad, a nadie en el pueblo, excepto a las monjas del colegio, tomó por sorpresa que aquel año Carlota Rodríguez fuese escogida reina de carnaval. La influencia de don Agapito había trascendido ya a esferas mucho más importantes, y varios de sus amigos formaban parte del comité de Juan Ponce de León. Ser reina de carnaval, por otra parte, había sido siempre el sueño de Carlota, y, una vez elegida por el comité, no tardó en aceptar la distinción. Don Agapito acudió entonces personalmente al colegio a pedir que se le permitiera a su hija salir todas las tardes durante algunas horas del pensionado, para atender adecuadamente a sus deberes de reina de carnaval.

Empuñados con firmeza el cetro y el orbe, Carlota se entregó de lleno a los preparativos. Se reunía diariamente con sus ayudantes en el casino, desde donde anunció que, como parte de la modernización de aquellas celebraciones, en adelante los alumnos de todas las escuelas privadas, y no sólo los hijos de las antiguas familias burguesas, podrían participar en el carnaval. Parecía que todo iba bien, y a las puertas del casino había comenzado a acudir un buen número de jóvenes, en su mayor parte hijos e hijas de los amigos de don Agapito, a competir para que se les asignara a tal o cual comparsa, cuando el entusiasmo que sentía Carlota por su coronación comenzó a hacerla sentir que aquello no era suficiente.

Empeñada en conferirle a los festejos mayor lustre y fama, decretó que no fuese una, sino tres, las carrozas de su séquito, proyectadas como galeones de plata que se deslizarían sobre alfombras de raso azul a todo lo largo de las avenidas junto al mar; y supervisó la decoración opulenta de los disfraces de sus caballeros y damas, así como la del suyo propio, para cuya confección fue necesario derretir todo un Situado de Maravedís. Ordenó, por otro lado, que para popularizar las fiestas, se tocasen en ellas sólo guaracha y mambo, desterrando a las profundidades del Leteo los engolados compases de la danza y el vals; y dispuso que los alimentos consumidos durante las celebraciones fuesen todos de modesta confección criolla, sahumados con laurel y culantro y dorados con la sabiduría milenaria de las fritangas de friquitín. La ceremonia de la coronación, precedida por el consabido baile de dos orquestas, no tomaría lugar como antes en los venerados salones del casino, sino en la plaza del pueblo, donde Carlota había mandado colocar su trono.

Pero los amigos de don Agapito habían comenzado a comentar entre sí que aquel carnaval había dejado de ser el evento socialmente elegante que había sido en el pasado, y que estaba tomando visos de mamarracho. Heridos porque los nombres de sus hijos no serían pregonados a viva voz como ellos lo habían soñado a las puertas del gran salón del casino antes de comenzar la fiesta y horrorizados de pensar que sus hijas se verían obligadas a desfilar con sus costosos vestidos ante los ojos de la plebe, comenzaron a retirarlas de las comparsas, así como también a sus hijos, prohibiéndoles que participaran en el carnaval.

Al ver que no podría ya constituir su corte con aquellos jóvenes con los que hasta entonces había compartido socialmente, Carlota mandó pasquinar edictos por todas las puertas y muros de la ciudad, convocando a participar en los festejos, no sólo a los alumnos y alumnas de las escuelas privadas, de la Academia del Sagrado Corazón, de la Academia de Varones Ignacianos y del Liceo Francés, sino a los de todas las escuelas del pueblo. Se abalanzó entonces a las puertas del casino una abigarrada muchedumbre de dueñas, caballeros e hijosdalgo de empobrecida facha y aún más sospechoso cariz, procedentes de caseríos y repartos de poca monta, y con ellos se constituyó por fin el séquito de la reina del carnaval.

La Madre Artigas, por otro lado, había iniciado una campaña para que se expulsara cuanto antes a Carlota Rodríguez del colegio. El acuerdo no fue tomado por la congregación a la ligera ni intempestivamente, sino tras largas y prolongadas deliberaciones, celebradas a puerta cerrada tras la inviolable secretividad del claustro. Preocupadas por la posible pérdida de un bienestar que ya habían aprendido a disfrutar, en un principio las monjas se habían rehusado a prestar oídos a los razonamientos de la Madre Artigas.

Inclinadas a no tomar una decisión tan drástica, mencionaron la generosidad de don Agapito, así como la conveniencia de flexibilizar unos principios de conducta que en el mundo exterior podrían parecer caducos y anticuados a la mayoría de los padres de las niñas. Creyendo que los motivos de la Madre Artigas eran en el fondo escrúpulos de moral, le recordaron que las costumbres habían cambiado mucho, y que ya no era posible prohibirles a las alumnas, como antes solía hacerse, participar en eventos sociales como debuts, bailes quinceañeros, y despedidas de año. A todas estas actividades acudían ahora las educandas del Sagrado Corazón, exhibiendo públicamente sus carnes en escotes vertiginosos y engalanadas con las enormes faldas campaniformes, creaciones de Luisa Alfaro y Rosenda Matienzo, que estaban entonces de moda.

La campaña de la Madre Artigas fue, no obstante estos argumentos, devastadora y contundente. Les señaló a sus compañeras el obstinado empeño de don Agapito por rodear a su hija de un lujo asiático, gastando cantidades inconcebibles de dinero en aquellos preparativos, y les recalcó que a causa de aquel desaforado reinado, su cadena de supermercados Galeón acabaría seguramente en la ruina.

Se discutieron entonces entre las monjas, en un tono de voz medroso y casi apagado en murmullo, las implicaciones nefastas de que el padre de una de sus educandas se viese envuelto en un descalabro económico de tal magnitud, cayendo entonces sobre la Academia la sombra de la desgracia y de la pérdida de credibilidad que conllevaban por lo general aquellos casos. Ante la amenaza que esto constituiría para ellas, la dura decisión de expulsar a Carlota Rodríguez del colegio había sido tomada por unanimidad. El hecho pensaba llevarse a cabo lo más recatadamente posible, en cuanto don Agapito regresara de un viaje de varias semanas que acababa de emprender al extranjero. Se enviaría a Carlota a su casa por unos días, señalándosele que los ajetreos de la coronación la habían hecho perder su buen semblante y que necesitaba descansar, prolongando luego indefinidamente su ausencia por razones de salud.

Seguramente nada hubiese sucedido, y la expulsión hubiese pasado casi desapercibida en el colegio a no ser por la extraordinaria metamorfosis que tomó lugar en Carlota para aquellos días. Había tenido siempre una disposición pacífica, de manera que la primera vez que se presentó en la sala de estudio con el rostro embadurnado de pintura, la vigilanta de turno creyó que se trataba de una broma. Llamándole la atención en privado, le preguntó en tono de burla que si estaba ensayando su papel de reina de carnaval, y le ordenó que acudiera de inmediato a los baños a lavarse la cara.

Carlota obedeció sin chistar, y regresó al salón con la cara escrupulosamente lavada. Pero la mansedumbre podía ser en ella, en determinado momento, un arma poderosa. En cuanto se encontró de nuevo sola, y sin perder ni por un momento su buen humor, sacó de su bolsillo el maybelline, el pancake y el crayón de labios y se volvió a pintar minuciosamente el rostro. Agrandadas, exageradas por las capas de pintura, sus facciones cobraban una dimensión aterradora que, Carlota afirmaba riendo, venía de la bija, del corozo y del achiote, afeites todos originales de la época de Juan Ponce de León. Se había apilado el cabello sobre la cabeza en una catedral de rizos y, adornada con innumerables pulsos y collares que tintineaban sobre el organdí de su blusa con una temeridad hereje, se desplazaba por entre las alumnas del colegio provocando en todas partes la risa y la chacota.

Las monjas intentaron poner fin de inmediato a aquel espectáculo, sin lograr con sus admoniciones y reproches éxito alguno. Fue entonces que la Madre Artigas se vio obligada a tomar cartas en el asunto, prohibiendo en adelante que nadie, so pena de expulsión, se atreviese a dirigirle a Carlota Rodríguez la palabra.

Se acercaban los exámenes finales y Merceditas se había dedicado a sus estudios con renovado ahínco. Necesitaba concentrarse más que nunca en sus tareas, para lograr el éxito que se había propuesto el día de su graduación. Su propósito, sin embargo, se le hacía cada vez más difícil de cumplir. Observaba a su amiga desplazándose en silencio por los pasillos, gruesa y siempre un poco torpe, y ahora con el rostro deformado por aquellas capas berrendas de pintura, y le parecía que estaba tratando de probarle algo que ella no lograba comprender.

Aunque no se atrevía a desafiar abiertamente a la

Madre Artigas dirigiéndole a Carlota Rodríguez la palabra en público, le hacía siempre un lugar junto a ella en el refectorio y en la capilla, y evitaba que las demás niñas la exiliaran de sus grupos de juego en el recreo. Carlota, por su lado, se comportaba como si nada sucediese. Devolvía siempre bien por mal y sonreía cuando se la maltrataba, cuando se le negaba el permiso para ir al baño o para beber agua.

—Quisiera saber por qué lo haces, por qué insistes en pintarte y peinarte de esa manera —le dijo Merceditas un día mientras caminaba por el patio a la hora del recreo, sin mencionar para nada el asunto de la expulsión. Tenía todavía esperanzas de que el rumor no fuese cierto, ya que Carlota no le había mencionado nunca el tema.

—Por qué los aretes, los anillos, el peinado; por qué tanta pintura.

La pregunta quedó en suspenso, interrumpida por los gritos de las niñas que corrían a su alrededor, entusiasmadas por sus juegos. Una sombra de resentimiento casi imperceptible pasó por el rostro de Carlota, pero se repuso de su mal humor casi en seguida.

—En cuanto papá regrese del viaje —le dijo en su voz de siempre—, me iré con él a casa. ¡No puedes imaginarte todo lo que tengo que hacer para mi reinado! Pero te prometo que sacaré tiempo y estaré presente el día de tu graduación.

Merceditas había pensado que, de ser expulsada su amiga, ella también abandonaría el colegio, pero sabía que no tendría el valor para ello. Le iba a ser imposible abandonar sus estudios y renunciar a los premios, luego de tantos años de esfuerzo. Después de todo, Carlota parecía estar sobrellevando admirablemente aquella prueba de desgraciada discriminación social.

—Si vienes a mi graduación, iré a tu coronación —dijo, sin atreverse a levantar la cabeza para mirarla a los ojos.

La dilatada pena que la Madre Artigas le había impuesto a Merceditas, por otro lado, había comenzado a surtir su efecto. El mangó, que al principio tanto había deleitado su vista, había pasado de un rojo moscabado y aún apetecible a un púrpura sangriento. Ya no le recordaba, como antes, las lozanas mejillas de Carlota, sino que le hacía pensar ahora en un cachete adolorido, amoratado a golpes. Sentada frente a él durante sus interminables horas de estudio y atenta a los más leves cambios de su piel, le parecía que se adensaba ante sus ojos como una enorme gota de sangre. Era como si toda la gama de colores que pasan de la vida a la muerte se hubiese derramado sobre aquella fruta, llenándola de crueles presentimientos.

Su recuerdo había comenzado a perseguirla por todas partes. Pensaba en el mangó a la hora del recreo, de la cena y de la merienda, pero cuando más vivamente la obsesionaba era de noche, cuando se tendía sobre su cama de hierro del pensionado. Miraba entonces el reflejo fantasmagórico de las cortinas de lona blanca que se balanceaban en la brisa nocturna, separando su alcoba de la de Carlota; miraba la palangana y el jarro de metal aporcelanado, colocados sobre la mesita de luz; miraba los borceguíes de la vigilanta en turno, asomados por debajo del ruedo movedizo de los biombos como jetas inmóviles y le parecía escuchar, en el silencio de la noche, el lento latir del mangó.

Fue para aquellos días que Merceditas comenzó a percibir un olor extraño, al desplazarse por los interminables pasillos del colegio. Se descubría a sí misma aguantando la respiración en el salón de clases, frente a la taza de chocolate humeante que le servían las hermanitas a la hora del desayuno, al arrodillarse en su reclinatorio al fondo de la capilla y hasta al entrar a los servicios del baño. El olor no era parejo sino desigual, y la alcanzaba en los momentos más inesperados, cuando menos se le ocurría pensar en ello. Carlota también lo había notado, y le había preguntado a Merceditas si tenía alguna idea de su procedencia, sin que ella hubiese podido ofrecerle una solución. Ambas amigas habían estado de acuerdo, sin embargo, en que su estela parecía más fuerte al encontrarse cerca de alguna monja, como si el olor tuviese misteriosamente algo que ver con las lúgubres emanaciones de sus velos.

Fue el perfume de Carlota lo que la hizo salir, el día que don Agapito vino por fin a recoger a su hija al colegio para llevársela a casa, de la peligrosa tristeza en la que se había sumido. Levantó los ojos del libro y miró con sorpresa a su amiga. Estaba prohibido terminantemente a las alumnas cambiar de asiento a las horas de estudio, pero Carlota se comportaba como si las reglas del colegio ya no existieran. Adornada y perfumada hasta la exageración, se sentó en el escritorio de al lado, y le habló en un tono de voz completamente natural. Parecía no haber notado la mirada fulminante que le dirigió la vigilanta de turno, ni los cuchicheos de las alumnas sentadas a su alrededor.

—¿Vienes a despedirme? Papá me está esperando abajo en el carro, y ya está todo listo. Mi equipaje está arriba en el cuarto. Si quieres, puedes ayudarme a bajarlo.

Su voz era tranquila, pero su rostro, heroicamente pintado aún en aquel momento, no lograba disimular la ansiedad. Las mejillas, gordas y morenas bajo las gruesas capas de polvo y colorete, le temblaban imperceptiblemente.

—Vamos, te acompaño —dijo Merceditas, guardando el libro al fondo de su pupitre y cerrando rápidamente la tapa sepulcral de su escritorio. Salió al pasillo y vio que Carlota se había quedado atrás, y que se dirigía ahora donde se encontraban reunidas varias de sus compañeras para despedirse. Se quedó mirando tristemente por entre las persianas que daban al patio interior, en lo que aguardaba el regreso de su amiga. Había temido durante semanas la llegada de aquel momento, pero ahora que estaba allí se sentía casi aliviada, convencida de que la partida de Carlota sería, después de todo, para lo mejor. Le dolía separarse de su amiga, y sabía que no la volvería a ver en mucho tiempo, pero en el colegio reinaría una vez más la paz, y ella podría por fin volver a estudiar. Ante todo, se vería libre de aquel temor que la acosaba, al intuir que una amenaza desconocida se cernía sobre Carlota.

Subieron juntas las escaleras de caracol del pensionado y entraron al dormitorio vacío. Carlota sacó sus maletas de debajo de la cama, y en un momento vació en ellas los cajones de su cómoda, empaquetando rápidamente todas sus pertenencias. El tono campechano de su voz, así como el movimiento desenvuelto de sus pasos, en los que no había ahora el menor esfuerzo por evitar hacer crujir los muebles ni los tabloncillos del piso, tuvieron un efecto extraño en Merceditas. Observó con sorpresa lo que la rodeaba: los pesados cortinajes de lona, apartados ahora hacia los muros para que se aireara mejor la habitación, le descubrían cuán cerca había estado su propio lecho del de su amiga, y el suyo de los de las alumnas siguientes; la mesita, la palangana y el jarro, el crucifijo y el orinal, repetidos hasta el infinito en las celdas contiguas y como reflejados en un espejo a todo lo largo del dormitorio, le hicieron sentir como si todo aquello estuviese sucediendo en un sueño.

Hablando y riendo todo el tiempo, levantaron entre ambas el equipaje de la cama y comenzaron a recorrer juntas el largo trayecto hasta la portería. Tomadas del brazo y a las volandas, bajaron rápidamente las escaleras de caracol, y minutos más tarde atravesaban los pasillos de persianas verdes a los que desembocaban los dormitorios del segundo piso. Pasaron frente a las lavanderías, y

Merceditas vio a las hermanitas dobladas sobre las piletas de cemento lavando y planchando manteles y sábanas; pasaron frente a la capilla y vio a varias de sus compañeras hincadas en sus reclinatorios, repitiendo ensalmos y preces por entre nubes de incienso. Volando por su lado, veía pasar salones, arcos, medios puntos, hermanitas, niñas, como desde una gran distancia. Carlota, por su parte, daba la impresión de encontrarse absolutamente tranquila. Charlaba con Merceditas, y le recordaba las fechas en que comenzarían los festejos del carnaval. En ningún momento se había mencionado entre ellas el verdadero significado de su partida, y decía encontrarse agradecida de poder dedicarse en cuerpo y alma a los preparativos de su coronación.

Caminaban cada vez más aprisa, atravesando ahora las galerías que comunicaban con los salones de clases, cuando Merceditas dio otro suspiro de alivio. No había nadie apostado a las puertas de las aulas ni oculto tras los postigos, aguardando a que su amiga pasara para asestarle algún comentario cruel. Las niñas continuaban dobladas sobre sus libros o atendiendo a las pláticas de sus instructoras, sin levantar siquiera la cabeza para observarlas pasar. Había olvidado por completo sus anteriores premoniciones y no dudaba ya del éxito de la gestión. Se veía despidiendo a Carlota en el zaguán de la puerta, sin preguntarse aún que haría, adonde iría cuando ésta se cerrase definitivamente a sus espaldas y ella se viese obligada a desandar sus pasos hacia el interior del colegio, cuando recibió de nuevo en pleno rostro el golpe de aquel olor. Detuvo al punto su carrera y colocó una mano avizora sobre su brazo. Las descubrieron a un tiempo, congregadas en semicírculo e impidiéndoles, con el cerco sombrío de sus hábitos, el acceso a la puerta.

La Madre Artigas dio un paso hacia adelante, y se desprendió lentamente del resto de las monjas. Pisaba las losas de canarias blandamente y sin hacer ruido, dejando flotar a su alrededor los pliegues de gasa de su velo. Su rostro, rodeado por el albo acordeón de rizos de la cofia, le pareció a Merceditas más hermoso que nunca, asomado hacia ella como por una ventanilla luminosa. Sonreía, pero su sonrisa era una herida helada.

Merceditas colocó cuidadosamente la maleta de Carlota en el suelo, y le indicó a su amiga con un gesto que hiciera lo mismo. Fue entonces que percibió, en las manos blanquísimas de la Madre Artigas, los destellos de las largas tijeras de acero toledano que en las penumbras de la portería había confundido con los de su crucifijo, y que vio a la segunda monja, semioculta todavía por las tocas de la Madre Artigas, adelantar un paso hacia Carlota, llevando entre las manos una palangana blanca. Lo que ocurrió después le pareció estar todo ocurriendo en un sueño.

Vio comenzar a caer, encrespados y aún tibios sobre el piso, los bucles de Carlota, pero ella seguía inmóvil; vio los brazos alabastrinos de la Madre Artigas, arremangados hasta el codo por primera vez, moviéndose sobre la cabeza de su amiga hasta dejársela monda y lironda, pero todavía seguía inmóvil; la vio tomar la esponja de manos de su acólita y sumergirla en aquella agua en la que sobrenadaba una espuma violácea, que despedía un olor punzante, y todavía seguía inmóvil; la vio pasársela lenta, casi tiernamente, por los planos inclinados de la cara hasta quedar borrados sus labios y sus cejas, las pestañas tan dolorosamente adheridas una a una al labio delicado de los párpados; la vio deshacer por completo aquel rostro que Carlota había llevado con tanto orgullo sobre el suyo, sin decidirse a hacer nada.

Muda como una estatua, escuchaba lo que la Madre Artigas estaba diciendo, aquellas palabras que comenzaron a salir de su boca como restañadas por un viento de odio, acompañadas por las maldiciones y por los juramentos más inmundos que Merceditas había escuchado en su vida; aquel "¡Quién te has creído que eres, grifa de mierda, mulata zarrapastrosa, si ni para cocinera ni para sirvienta sirves, mucho menos vas a servir para reina, empingorotada sobre tu trono como la glorificación de la chusma y de la vulgaridad! —¡Maldito el día en que pusiste el pie en esta academia! ¡Malhadada la hora en que te trajeron aquí para que te educáramos, denigrando, como lo has hecho, a nuestro Sagrado Corazón!"

Mientras hablaba, la Madre Artigas le deshacía a Carlota el uniforme encima a fuerza de pellizcos, empellones y porrazos. Carlota, quien en su pánico había olvidado poner su equipaje en el suelo, lo había soltado al fin, para protegerse de la lluvia de golpes con ambas manos, y el maletín había caído abierto sobre el piso, desparramando sus pertenencias por todas partes. Merceditas se quedó mirando aquel barullo de ropas, zapatos y libros desparramados a sus pies, y fue entonces que se dio cuenta de todo. Se acercó lentamente a la Madre Artigas, y le detuvo en alto la mano. La Madre se volvió hacia ella sorprendida, no tanto por la interrupción, sino porque se hubiera atrevido a ponerle los dedos encima.

—Ya basta, Madre —se escuchó a sí misma decirle.

La Madre Artigas dio dos pasos hacia atrás, y la fulminó con todo el odio de su mirada. Frente a ellas Carlota, con la cabeza hecha un calvario y la camisa de su uniforme desgarrada de tal forma que por todas partes se le veían las carnes, lloraba en silencio como un gran animal derrumbado. Merceditas se le acercó, y le rodeó los hombros con un brazo.

—¿A que no sabes lo que estoy pensando? —le dijo con una sonrisa—. Te agradezco mucho lo que querías hacer, pero de veras que ya no hace falta. No tienes por qué llevarte a casa mi castigo, porque ahora ya sabemos de dónde viene el olor. —E inclinándose, sacó a la luz del día, de entre el revoltillo de ropas y libros desparramados por el suelo, aquel objeto hediondo y purulento, que lloraba un líquido alquitranado y fúnebre por todos los costados.

—Aquí tiene, Madre —dijo, adelantándose a la Madre Artigas con una profunda reverencia—. Aquí tiene su Sagrado Corazón. Se lo regalo.

III. ISOLDA EN EL ESPEJO

I

Desde el promontorio del Vigía se divisaba flotar en el horizonte el estilete plomizo del Caribe, al que llegaban a morir inevitablemente los cañaverales del llano. La visibilidad aquella tarde era tan transparente que los ciudadanos de Santa Cruz, que habían subido hasta allí en sus coches a tomar su paseo acostumbrado, no recordaban haber visto en mucho tiempo un panorama semejante. Observaban con asombro, suspendido sobre los enormes complejos industriales que rodeaban el pueblo, un pedazo perfectamente límpido de cielo, y se dijeron que algo tendría que ver aquel fenómeno con la boda que se celebraría aquella noche en casa de Don Augusto Arzuaga.

Por primera vez en muchos años las chimeneas descomunales de las fábricas, de un negro azuloso y apretadas unas junto a otras como cachimbos gigantes, habían cesado de exhalar sus monstruosos penachos de polvo. Privilegiados por aquella claridad inusitada, los ciudadanos de Santa Cruz comenzaron al punto a elucubrar historias, a añadir y a quitar detalles de aquel hecho inverosímil ya conocido, ya sabido de memoria por todos: por primera vez en la historia del pueblo, en aquella noche de mayo de 1972 se reunirían en un mismo lugar norteamericanos y criollos, los nuevos potentados de la industria y los hacendados de la caña; comerían, bailarían, brindarían con champán y ron bajo el techo todopoderoso de Don Augusto Arzuaga. Descendiendo de sus coches se arrellanaron lo más cómodamente posible bajo los ramajes escuálidos de los árboles y sobre los montículos de piedra ríspida, recubiertos de sedimentos químicos, para contemplar a gusto los sucesos que se desenvolvían a sus pies.

Desde aquel lugar, donde se alzaba aún la arboladura de una antigua fragata de la cual habían pendido, in illotempore, dos enormes linternas de bronce, una roja y una blanca, con las cuales el vigía de turno le advertía al pueblo la presencia en el litoral de algún bergantín pirata, se divisaban en aquel momento dos panoramas: por detrás del monte de piedra caliza, erizado de una vegetación siempre agreste de tintillos y de tamarindos espinosos, se multiplicaban las casuchas de tablones y techo de zinc (pintadas por el municipio de colores alegres: de verde esperanza, de amarillo canario, de rojo cundeamor, para que pareciesen palomares y cautivasen a los turistas) del caserío de Tabaiba. El caserío llevaba allí más de cien años, y en realidad había cambiado poco, pese al lavado de cara que había recibido recientemente: las mismas calles empinadas y polvorientas que al menor amague de lluvia se transformaban en impasables torrentes de lodo, la misma algarabía de puercos, gallinas y cabros correteando por entre los socos carcomidos de los sótanos, las mismas letrinas (antes construidas con drones de melao y ahora con los bidones de aceite dísel desechados por las fábricas de Don Augusto Arzuaga) le daban al conjunto un ambiente pintoresco, delicia de los extranjeros que solían subir al Vigía exclusivamente para fotografiar desde allí el panorama. Los habitantes tampoco habían cambiado mucho: antes peones de caña sorbidos por la perniciosa, ahora se encontraban casi todos empleados en las Empresas Arzuaga.

Desde el montículo escabroso se observaba a aquella hora un constante ir y venir de gentes inquietas, de hombres y mujeres con paquetes de ropa bajo el brazo, los uniformes que seguramente vestirían aquella noche en casa de Don Augusto antes de comenzar a servir las mesas o a lavar los platos, a pasar las bandejas de piscolabis por entre los invitados, o a ayudar a los cocineros como pinches de cocina. Aproximadamente la mitad del arrabal se derramaría después de las ocho de la noche en casa de los Arzuaga, algunos para llevar a cabo las labores de servidumbre y otros sencillamente para estarse de pie, contemplando la llegada y la partida de los invitados que descenderían de sus coches privados frente a los enormes portones de hierro de la mansión, o para estarse largas horas escuchando, desde el otro lado de la verja recubierta de trinitaria púrpura, las eternas melodías de Daniel Santos, o los fogonazos dorados de las trompetas de César Concepción.

El segundo panorama se desplegaba en dirección contraria a los asfixiantes desfiladeros que arrugaban la espalda del monte, donde se sostenían, prendidas como insectos a las rocas, las chozas del arrabal. En la falda del Vigía, en dirección al mar, se desplegaba el panorama del pueblo, que a diferencia del caserío, sí había cambiado considerablemente de aspecto en los últimos años. A pesar del cinturón de fábricas que ahora lo ceñía en todo su diámetro, unido a la población por las ardientes correhuelas de sus calles, presentaba aún un espectáculo impresionante. Junto a los escombros de los edificios coloniales, y contrastando con los restoranes, teatros y negocios de construcción reciente, se levantaban los restos desafiantes de la antigua ciudad, el esqueleto monumental, ya casi desvanecido en polvo, de la Perla del Sur; las antiguas casas solariegas de los hacendados, florecidas de urnas de hoja de acanto sobre los muros de argamasa de cuatro brazas de espesor, con guirnaldas de rosas sostenidas por angelitos de yeso sobre las puertas, y empañetadas siempre con la misma caliza ríspida que imitaba la espuma de azúcar congelada sobre el mar; las filigranas mudéjares del Parque de Bombas, que en la luz pesada del atardecer recordaban un origami negro y rojo, habilidosamente recortado a contraluz; los pedimentos monumentales del Teatro Atenas, transportado según los habitantes pieza por pieza desde el Acrópolis, y que los niños realengos y desahuciados del pueblo aseguraban se hallaban tallados en nieve.

Por estas calles semi-desmanteladas, semi-desmoronadas por el tiempo y el progreso, se desplazaba en aquel momento una algarabía de automóviles de envergadura, de Packards y Cadillacs último modelo, transportando en su interior a los invitados a la boda de Don Augusto, frenéticamente ocupados en llevar a cabo los últimos preparativos del día. Los coches, conducidos por chóferes uniformados, se detenían frente a las puertas de las peluquerías y de las barberías, a llevar y a recoger gentes, o se estacionaban algunos minutos frente a las floristerías, a recoger los corsages de orquídeas que las damas habían de llevar en la noche, atadas a la muñeca de sus guantes de cabritilla o prendidas como aves exóticas a las elaboradas volutas de sus peinados. El estallido impaciente de los cláxones, así como el brillo de los espejos y de los tapalodos de cromio, reverberaba en la claridad enceguecedora de la tarde y contribuía en aquellos momentos al ambiente de feria, de inusitada celebración.

Desde las ventanillas ornadas de cortinas de terciopelo gris de los coches, los santacruzanos pudientes se saludaban unos a otros, torciendo el cuello para descubrir quiénes entraban o salían de tal o cual establecimiento, para adivinar si menganito y sutanito había sido o no invitado a la recepción, si le habían dado bola negra o si colgaría él también felizmente aquella noche del cachete magnánimo de Don Augusto Arzuaga. No era la primera vez que en el pueblo se celebraban fiestas semejantes. La sociedad encumbrada de la Perla del Sur, hasta hacía poco tiempo constituida en su mayor parte por terratenientes y magnates de la caña, había tenido fama por sus fiestas exorbitantes, en las que los barones del azúcar y del ron desplegaban sin escrúpulo todo el alcance de su poderío, pero en los últimos años el carácter de aquellas celebraciones había cambiado. Con la ruina de la industria del ron, que había tenido su gran florecimiento hacía más de treinta años, la aristocracia cañera había dejado de ser la clase rectora del pueblo y sus haciendas y sus tierras habían quedado finalmente hipotecadas a los bancos.

El poder político del pueblo estaba todavía en gran parte en manos de Don Augusto Arzuaga, que aún ponía y quitaba a su antojo por lo menos al alcalde y a su camarilla de alzacolas. Pero Don Augusto se veía ahora obligado a compartir su injerencia con los directores del Banco Condal, los comerciantes, abogados y hombres de negocios sólidos, aliados de los inversionistas extranjeros que habían invertido grandes sumas en los Bancos Santacruzanos. Los barones del azúcar y del ron, por su parte, habían pasado del día a la noche, de los floridos discursos recitados desde sus escaños en el Senado (desde los cuales hilvanaban, vestidos de dril cien, las elaboradas filigranas de su oratoria ciceroniana) a proezas de otro calibre. Dedicados a quemar en cuerpo y alma el pábilo por ambas mechas, concentraban todas sus fuerzas en arrojar sin contrición los cimientos de sus casas por las ventanas.

Era evidente que no tenían salida, y se decía que habían llegado, en ciertas ocasiones, hasta a invitar a los agentes de su desgracia, a los inversionistas extranjeros del Banco Condal, a estar presentes en aquellas fiestas. Como poseían cierta cultura y educación decidieron un día, como los ciudadanos de la antigua Roma al verse sitiada por los bárbaros, suicidarse lentamente, devorándose las propias entrañas. Se encerraron entonces en sus mansiones de cal y canto del pueblo, a las que se habían trasladado a vivir cuando se vieron obligados a abandonar las haciendas que les era imposible ya sostener en funcionamiento, a beberse y a comerse lo que les restaba de sus enormes fortunas.

La nueva burguesía pujante, por su parte, las familias criollas que compartían con los extranjeros la directiva del Banco Condal, convencidas de que el espectáculo de la disolución de aquella clase redundaría en que la sangre de los justos sería algún día vertida sobre las cabezas de los hijos, y de los hijos de los hijos de quienes osaran presenciarlo, no sólo se negaba a asistir personalmente a aquellas fiestas (como sí lo hacían a veces los inversionistas extranjeros), sino que rehusaban dejar pasar a los descendientes de los hacendados por las puertas de sus casas, y consideraban el que sus hijos fuesen también invitados a aquellas fiestas como un intento de corromper a su progenie inocente. Con voces temblorosas de indignación denunciaban los bautizos comunales que los hacendados celebraban en sus bañeras de mármol, llenas a desbordar de ron, que éstos denominaban con orgullo su "oro líquido", en los cuales sus esposas y sus hijas se comportaban como elegantes hetairas, imitando los incitantes modales y actitudes de las prostitutas del pueblo. Comentaban en voz baja, blancos de ira, los nuevos hábitos bárbaros de los cañeros, como por ejemplo, el saludarse, al entrar por los enormes pórticos neoclásicos de sus casas, apretándose el pene dentro del pantalón del dril, o invitando a los presentes a innombrables relaciones sexuales ilícitas, llevadas a cabo, para resguardarse del calor atosigante del pueblo, sobre lechos de almohadones de azúcar, y a veces hasta de nieve. Hacía ya, por lo tanto, varios años que los hijos de la nueva clase no pisaban las casas de los hijos de los cañeros, y lo mismo resultaba cierto a la inversa.

Desde sus casas de mampostería moderna, prácticas y funcionales, edificadas según los requerimientos del Modern American Way of Life, los nuevos empresarios y ejecutivos santacruzanos, aliados a los inversionistas norteamericanos porque veían de cuál lado se inclinaba el barco, observaban las celebraciones que tomaban lugar en las mansiones coloniales de los magnates del ron con desprecio, y comentaban entre sí los efectos cada vez más galopantes que tenía en ellos el deterioro y la desintegración. Contemplaban, con ojos de horror aunque sin atreverse jamás a denunciarlos ante las fuerzas de la ley, cuando éstos, casi siempre borrachos, se empeñaban en adentrar sus automóviles, sus antiguos Packards y sus Pontiacs polvorientos, por la Puerta mayor de la catedral, conduciéndolos bocineando hasta el altar, o cuando se bañaban desnudos en las noches de luna bajo los chorros de agua de colores que vomitaban los leones de yeso, en medio de la fuente de la plaza principal.

Pero la censura de los cañeros no se limitaba a una censura privada, comentada en el seno de las nuevas familias pudientes en una voz trágica, sino que llegaba a alcanzar los niveles de una revancha pública, como si se tratara de un deceso familiar. Los banqueros santacruzanos, reunidos con los inversionistas extranjeros en el seno marmóreo de la sala de conferencias del Banco Condal, habían logrado convencerlos de que les estrangularan a los hacendados criollos poco a poco los préstamos. Apoyaban sus argumentos no sólo en la situación económica de los barones del ron, la cual se tornaba cada vez más precaria, sino en el hecho innegable del "qué dirán" social.

En todo esto las esposas de los industriales y de los ejecutivos del Banco desempeñaron un papel principal. Decididas a convertirse en rectoras del decoro del pueblo, en sus reuniones semanales de las cívicas, en las tómbolas de la iglesia, en sus clubes de bridge y de costura, comentaban sin cesar la necesidad de que los clientes del Banco mantuvieran un alto nivel de comportamiento moral. "Innumerables han sido las veces", decían, "en que, atareadas en el sereno ajetreo de nuestras casas, detenida la mano sobre el mango de nuestras cafeteras de plata mientras les servíamos a nuestros maridos una taza de café humeante, o suspendida la delgadísima aguja de zurcir entre puntada y puntada, hemos escuchado cómo ha sido necesario negarle un préstamo a zutanito, porque el rumor de su intento de suicidio ha alcanzado, como insecto inoportuno, los delicados tímpanos de nuestros oídos, o de cómo ha sido necesario ejecutarle la hipoteca a menganito, porque llevó a la querida a un restorán elegante, desafiando todas las leyes de la propiedad social. No vemos que el caso de los hacendados sea en absoluto distinto, por más alcurnia que tengan. A ellos también será necesario aplicarles la ley de la respetabilidad."

En suma, la respetabilidad, la moderación, la probidad del comportamiento privado, y hasta el cumplimiento riguroso de los deberes eclesiásticos, había pasado a ser en Santa Cruz, como reacción a los desmanes incalculables de los barones del ron, el mejor aval, la mejor carta de crédito de quienes requirieran un préstamo del Banco Condal. Los divorcios, los abandonos del hogar, incluso los suicidios habían sufrido una merma sorprendente en aquellos tiempos, y las iglesias del pueblo se encontraban generalmente muy bien concurridas a la hora del servicio dominical.

En toda esta situación Don Augusto había permanecido neutral, considerando indigno el mezclarse en aquellos chismes de batiburrillo de pueblo. Tanto los síndicos del Banco como los hacendados lo respetaban enormemente, y hasta el momento ese respeto había logrado mantener a los inversionistas norteamericanos a raya. A diferencia de lo que había sucedido en la Capital, donde la industria se encontraba ya casi toda en manos de los norteamericanos, en Santa Cruz las fábricas de materiales de construcción todavía le pertenecían a él.

Lo sorprendente de toda esta situación era que Don Augusto, al igual que los hacendados del ron, había hecho su fortuna durante la guerra, gracias a esos mismos extranjeros que ahora irónicamente intentaban quedarse con todo. A fines del 38, hacía exactamente 34 años, Don Augusto era dueño de una pequeña siderúrgica, en la cual se ganaba la vida fabricando principalmente masas y catalinas de ingenios, así como también vigas, varillas, y extensiones para hermosos puentes de arcos que él mismo solía diseñar. La inseguridad de la industria azucarera, sin embargo, le causaba infinitos dolores de cabeza, porque las órdenes de masas y catalinas que recibía eran siempre muy inciertas.

Un día de diciembre de ese mismo año recibió en su casa la visita confidencial de un grupo de oficiales de la Marina Norteamericana. El Caribe se encontraba por aquel entonces infestado de submarinos alemanes, y esto los obligaba a multiplicar las bases militares por toda la isla, bases que habría que aviarlas de carreteras, depósitos y aeropuertos. Se tenía, a más de esto, la información secreta de que Hitler planeaba invadir en cualquier momento a Inglaterra, y era por ello necesario preparar en la isla unos malecones gigantes, capaces de dar refugio en ellos a toda la flota inglesa. Los oficiales de la Marina habían escogido la bahía de Roosevelt Roads para ese propósito, ya que ésta podía protegerse muy bien, por el lado del mar, desde las islas de Vieques y Culebra, y quedando así toda la costa este de la isla transformada en un pequeño "Mare Nostrum" de la Metrópoli.

—Por fin podrá cumplir un propósito heroico esta extraña isla suya —le habían dicho amistosamente los oficiales a Don Augusto—. Siempre nos había inspirado algo de desconfianza su extraña formación geológica. Por el oeste recuerda la cabeza de un perro, y por el este la cola de un pez, por lo que nunca hemos sabido exactamente si era mamífero o anfibio.

Los oficiales de la Marina habían recurrido a Don Augusto en aquel momento álgido porque, como su padre antes que él, Don Augusto había sido siempre miembro incondicional del partido anexionista. Una vez expuesto el problema militar, le ofrecieron facilitarle todos los préstamos que necesitara para expandir su empresa, llevándose a cabo, gracias a ella, la construcción de los enormes malecones de Roosevelt Roads, así como la de las fortificaciones de las otras bases, como Henry Barracks y Losey Field.

Don Augusto tenía amplias razones para pensar bien de los norteamericanos y considerarlos sus amigos. Su padre, Don Arnaldo Arzuaga, había emigrado a la isla como refugiado de la Guerra de Independencia de Cuba, luego de que todos sus familiares perecieran fusilados por revolucionarios. El odio que aquel buen señor experimentaba hacia los españoles estaba sin lugar a dudas justificado. Había sufrido en carne propia las torturas de los Compontes: uñas arrancadas con tenazas, astillas carbonizadas introducidas bajo la piel, baños en pailas de aceite hirviendo tonificados por remojos en salmuera de aceituna y alcaparrado leonés.

A los diez años de la llegada de Don Arnaldo y su hijo a Santa Cruz, la flota del General Miles enfiló sus cañones hacia los malecones del pueblo. Un mensaje al General Macías, capitán general de la plaza, le informó a éste que tenía doce horas para rendirse antes de que bombardearan el pueblo. El general intentó resistir, apostando sus tres compañías de Cazadores de la Patria en lugares estratégicos en torno a la población, pero todo fue en vano. No bien se enteraron los habitantes de Santa Cruz de lo que sucedía, se amontonaron frente a los cuarteles de mando, y amenazaron con atacar en masa al malnutrido destacamento español. Don Arnaldo estuvo a la cabeza de aquella operación, dirigiendo a una muchedumbre que como él, hacía años soñaba con aquel momento. Por aquel entonces casi todos los habitantes de Santa Cruz vivían convencidos de que los norteamericanos traerían la democracia, el progreso y la libertad a la isla. Aterrado ante la ira de la multitud, el general Macías rindió sin chistar la plaza.

Don Arnaldo murió poco después de este suceso víctima de una pleuresía fulminante. Augusto, huérfano y sin herencia, fue recogido por su tío, Don José Izquierdo

Arzuaga, medio hermano de su padre y herrero de profesión. Era éste un hombre tosco y de poca educación, que maltrataba de continuo a su sobrino, tratándolo como sirviente y mozo de taller, pero Augusto todo lo sobrellevaba con buena voluntad. Tenía un carácter risueño y paciente, y vivía tranquilo en la confianza de que cualquier día, cuando menos se lo esperase, los norteamericanos, a quienes veneraba como héroes, harían cambiar su suerte. Cuando su tío por fin murió, heredó la herrería La Fragua, expandiéndola en siderúrgica algunos años más tarde. Fue allí donde los norteamericanos, que no olvidaron nunca la gesta de Don Arnaldo frente a los cuarteles de Macías, lo visitaron, para comisionarle la edificación de las facilidades de las nuevas bases.

Al terminar la Segunda Guerra Mundial, Don Augusto ya era rico. La paz de las siguientes décadas le permitió disfrutar una relativa bonanza, durante la cual se dedicó a la construcción de su Galería. Últimamente, sin embargo, con el incremento astronómico de la deuda externa, la Metrópoli había decidido sacar cada vez mayores réditos de sus inversiones en la isla, y había comenzado a incrementar los precios del petróleo industrial que se exportaba a la isla. A Don Augusto le había caído encima, como consecuencia, el manto de la desgracia. Los costos de producción de sus fábricas se le volvieron de pronto astronómicos, y la luz que impulsaba sus generadores y turbinas parecía destilada en oro. El capital de Don Augusto, por más sólido que fuese, no podía resistir aquella sangría por mucho tiempo.

Fue por esta razón que la inocente sorpresa que le guardaba Adriana Arzuaga a su marido aquella noche tuvo tan graves consecuencias. Congregados aquella tarde sobre la cima polvorienta del Vigía, alineados junto a las rocas de la empinada carretera o abanicándose bajo los tamarindos, tintillos y quenepos, los ciudadanos de Santa Cruz no podían adivinar que aquel día, el día de las des-

pampanantes segundas nupcias de Don Augusto Arzuaga,
sería el último día de su Imperio Industrial.

II

Todo comenzó la tarde en que Adriana fue al aeropuerto
a despedir a Gabriel. Estaba parada en el andén, con la
rosa que Gabriel le había regalado en la mano, su desen-
canto, y un sentimiento vago de alivio que le subía de las
plantas de los pies, al verlo alejarse por el pasillo interminable que llevaba a la plataforma del avión, cuando Don
Augusto le dirigió la palabra por primera vez. Había venido a despedir a su hijo, y se le había quedado mirando
con insistencia cuando Gabriel se alejó por fin de su lado,
con aquel pelo lacio y grisáceo cayéndole en un mechón
sobre la frente, que le daba un extraño aire de adolescen-
te viejo. Se inclinó un poco hacia ella y tocó con indiferencia el ala de su sombrero.

—Hacía tiempo que la conocía de vista, pero no creo
que nos hubiesen presentado antes —dijo con una sonrisa,
encogido por la timidez dentro de su saco de paño impecablemente cortado—. Me llamo Don Augusto Arzuaga,
soy el padre de Gabriel y me gustaría saber su nombre.

Adriana lo saludó distraída, demasiado ensimismada
en su angustia para que la sorprendiera el abordaje del
anciano.

Adriana Mercier, mucho gusto.

Había vuelto a mirar en dirección al viajero que se hacía cada vez más pequeño, con el saco colgado del hombro y el pelo revuelto por la ventolera que levantaban los
motores de propulsión. Trató de sonreír sin mirarlo pero
se sintió a punto de llorar, y comenzó a parpadear rápidamente, como si se le hubiese derretido una partícula de
hielo dentro de los ojos. Gabriel, sacudido por la risa que
le había provocado alguna broma recordada a distancia,

se detenía de cuando en cuando y agitaba una mano para despedirse, dándoles la espalda nuevamente y caminando con rapidez hacia la puerta de salida.

Envuelta por el olor a combustible, sosteniendo en el brazo derecho el paquete de libros que Gabriel le había entregado a última hora para que lo enviara por correo a su dirección, porque pesaban demasiado y el oficial del mostrador había amenazado con hacerle pagar sobrepeso, supo que todo había terminado. Gabriel no regresaría a la isla y ella, a pesar de lo prometido, jamás iría a reunirse con él a Europa. Estaba cansada, y admitió de pronto la sensación de soledad contra la cual había estado luchando toda la mañana. Había logrado llevar la tarea hasta el final, y se felicitó a sí misma por ello: mejor hacer como que todo marchaba bien, sonreír, ser cariñosa y evitar escenas melodramáticas, las acusaciones que luego volverían a abrirse en la memoria como latigazos de sangre. Allá iba Gabriel con sus sueños de idealista, Gabriel, que quería que se casara con él y que lo siguiera al fin del mundo, abandonando su carrera para formar con él un hogar feliz. Le deseó buena suerte y se volvió para marcharse, cuando sintió que Don Augusto la tomaba del brazo. Debió verse muy pálida en aquel momento porque escuchó que le preguntó, en una voz muy suave y cortés, que si quería sentarse en alguna parte, que no tenía buena cara.

Se dejó conducir dócilmente hasta la cafetería del aeropuerto, donde él le hizo beber un café. Sentada frente a la taza humeante, se sintió de pronto frágil, casi vulnerable, al verse reflejada en la compasiva mirada del anciano. Lo miró con resentimiento, y se juró que no lloraría frente a él. Pero no bien se dijo estas palabras, dos lágrimas, gruesas y lentas, le bajaron por las mejillas. Don Augusto guardó silencio. Se limitó a sacar del interior del saco aquel pañuelo enorme, increíblemente anacrónico, inundando el local con su vaho a naranjo y a limón.

—Yo creía que ya nadie usaba pañuelo —le dijo, e intentó reírse, al ver que le ofrecía aquel lienzo interminable a través de las lágrimas.

Él le sonrió, sin preguntar ni contestar nada. Permaneció sentado frente a ella, adivinando que en aquellos momentos su compañía la ayudaba más que todo lo que se le ocurriera decir, y esperó a que se le hubiera pasado el ahogo y recuperara nuevamente su presencia de ánimo. Cuando le vio mejor semblante le dijo:

—¿Sabe que me recuerda usted un cuadro de mi galería de Pintura Universal? "La Muerte de Isolda", me gustaría mostrárselo.

Al ver que ella no levantaba la vista de la mesa, añadió en tono cariñoso: "no sé lo que le sucede, pero si tuviera la edad que yo tengo, no lo tomaría en serio".

Sospechó que aquel hombre también estaba triste, que era posible que se hubiese acercado a ella por un sentimiento de solidaridad en la desgracia y no, como había pensado, por un interés sórdido. Notó las manchas de vejez que le salpicaban las manos y la manera de sentarse un poco inclinado hacia adelante, como afirmando en el ángulo del cuerpo su inseguridad, y le preguntó cuál era el motivo del viaje de su hijo.

—¿El motivo? ¿Que cuál es el motivo? —El anciano sonrió nuevamente, mostrando unos dientes blancos y todavía fuertes, a la vez que se enderezaba sobre la silla—. Sus estudios, por supuesto. Gabriel va a estudiar a la Sorbona por un tiempo.

Guardó silencio varios momentos y añadió, cambiando el tema: —Pero es sorprendente, verdaderamente sorprendente. En mi cuadro Isolda aparece así, tal como está usted sentada en este preciso momento, con una taza en la mano derecha y una rosa en la otra. La Galería está en Santa Cruz, ya sabe, el pueblo donde nació Gabriel. Es la ciudad más importante del sur de la isla.

Adriana pensó que estaba perdiendo su tiempo, que no había nada que la retuviera junto a aquel hombre que evidentemente desbarraba, hablándole de un cuadro que ella no tenía la menor intención de ir a ver. Había oído a Gabriel mencionar aquella galería, especie de octava maravilla del mundo, que se había convertido en el delirio de su padre en su vejez, pero no sentía ninguna curiosidad por conocerla. Le dio gracia escuchar hablar a Don Augusto sobre el viaje de estudios de su hijo, como si deveras fuese cierto. Estaba a punto de levantarse cuando escuchó que añadía, en una voz suave como el aceite de almendras, algo que la dejó impresionada. —Sólo que en la taza hay veneno, mientras que la rosa está recién cortada y seguramente es un obsequio de amor. Isolda no sabe por cuál de las dos decidirse, si por el veneno o por el amor.

Lo miró con curiosidad. Supuso que la pensaba una niña tonta, desgarrada por la desilusión, y adivinó que estaba feliz porque la relación entre ella y Gabriel había terminado. Aunque no la había visto nunca estaba segura de que sabía que vivían juntos. Se encogió de hombros, decidida a no pensar más en el asunto. Aquel hombre, pese a su actitud comprensiva, no era la excepción a la regla.

Hizo un gesto de disgusto y se dispuso a levantarse de la mesa. —No soy lo que usted piensa —le dijo, mirándolo a los ojos—. Ya pasé por esto más de una vez. Las angustias del suicidio, de la melancolía, me visitan a veces, pero más bien me aburren. Como usted sabe, soy cantante de cabaret, y no tengo tiempo para perder en romances, ni de herederos muertos de hambre ni de viejos millonarios.

Tomó la taza para beber un último trago de café antes de marcharse, pero Don Augusto la detuvo. Le tomó con delicadeza la mano y se la separó de la taza, como si en efecto ésta hubiese contenido veneno, besándosela con un ademán a la vez refinado y tierno. Mucho tiempo después Adriana habría de recordar su gesto.

—Ya sé que usted es diferente —le dijo el anciano— pero a veces es necesario apostarle a la farsa del amor. Hasta los perros, créame, cuando se quedan solos, aúllan.

III

Adriana no volvió a pensar en Don Augusto por mucho tiempo. Pero cuando tres meses más tarde recibió muy de mañana un enorme ramo de rosas rojas, acompañado por una tarjeta postal en la que aparecía reproducido el cromo de una mujer morena, adornada por una gargantilla de corales gruesos como cerezos, adivinó sin dificultad quién era el remitente. Isolda sostenía en la mano derecha una taza de oro, y en la izquierda una rosa; al dorso, en una caligrafía elegante, leyó el siguiente mensaje: "¿Cuándo se tomará usted por fin una tarde de asueto, y vendrá a visitar a mi Museo? Aún albergo la esperanza de confrontar algún día a mis dos Isoldas."

Puso las flores en un jarrón con agua y colocó la postal sobre el espejo del tocador, incrustada entre el cristal y la orla del marco. Se quedó mirándola mientras se cepillaba el cabello, haciéndolo revolear alrededor de su rostro como un torbellino de sombras. Existía, en efecto, un parecido entre ella y la modelo del cuadro, pero la incomodaba reconocerlo. El cuadro la disgustaba, lo encontraba demasiado dulce, empalagoso, en su rendición de la mujer como un ser exótico.

Se preguntó por qué Augusto le habría enviado la postal, por qué insistía en verla. Le parecía extraña aquella insistencia en ocupar el lugar del hijo; en convencerla de que la farsa del amor podría, a estas alturas, darle una razón a su existencia. Con sus millones, seguramente tendría a cientos de mujeres rendidas a sus pies, para quienes la edad no ofrecía obstáculo alguno a la felicidad connubial. Volvió la postal al revés, con la imagen mirando hacia el espejo para no verla, y salió del cuarto dando un portazo. Se dirigió rápidamente hacia los bajos de la casa, donde se encontraba estacionado su coche.

A las cinco de la tarde, a la misma hora que regresaba todos los días de la universidad, se encontró con su padre que subía la cuesta sombreada de helechos gigantes. Los helechos que él había sembrado y el camino de malezas que él había talado, para luego también asfaltarlo. Abrió la cartera y sacó su llavero para abrir la puerta. Su padre se detuvo a acariciar a los perros, que le habían salido al encuentro.

—Si quieres, te ayudo a preparar la cena —le dijo dándole un beso. Su padre era así, servicial siempre, aunque jamás la dejaba olvidar que la casa, el coche, el mobiliario, todo lo que poseían, era el fruto de una disciplina militar implacable. Se levantaba todos los días a las cinco, como hacía desde sus tiempos de teniente en el ejército norteamericano, y a las diez de la noche ya él y su madre se hallaban profundamente dormidos, los mastines tendidos al pie de la cama, prontos a comprobar sus dotes de guardianes.

Adriana entró a la casa y pasó directamente a la cocina. En el pasado, antes de la enfermedad de su padre, éste lo había hecho siempre todo en la casa: era él quien había pintado los muros, impermeabilizado los techos, barnizado los muebles, cultivado tenazmente el huerto y los jardines circundantes. Pero Adriana se sentía asfixiada en aquel espacio recuperado a la pobreza por una actividad siempre febril, siempre encarnizada, como si la vida fuese un perene cumplimiento de tareas que reafirmaban la rectitud intachable de sus habitantes. Soñar, dormir una siesta, desmadejar arpegios sin propósito alguno en el piano, eran todos pecados imperdonables.

Sacó del armario la tabla de picar cebolla y escuchó a sus espaldas el paso vacilante del padre. —Need any help, darling? —le preguntó cariñosamente. Adriana se sintió mortificada, al escuchar que le hablaba en inglés. Era una de aquellas costumbres que sus padres habían adoptado al llegar a la isla, a las que ella jamás había logrado acostum-

133

brarse. Movió la cabeza negativamente y se quedó mirando por la ventana el valle, que comenzaba a iluminarse allá lejos al avanzar la noche, entre las lomas que Gabriel había comparado una vez con sus piernas. —¿Ves las luces de los autos que bajan por entre las lomas, siguiendo el contorno invisible de la carretera en la oscuridad? —le había dicho entonces—. Son como las gotas de agua que te descienden por los muslos cuando estamos haciendo el amor. —Se sintió de pronto inundada, absolutamente arrasada por el recuerdo de Gabriel, y por un momento sintió vértigo. La relación con Gabriel había sido siempre así. Cuando estaba a su lado, la intensidad del deseo le derretía literalmente las entrañas. Pero la sensación nunca le duraba mucho, y en cuanto se hallaba lejos, lograba sin dificultad superarla.

Regresó a su tarea, y comenzó a picar la cebolla y los ajos con un stacato rápido y cruel, deshaciéndolos de su cáscara dorada y parpadeando a menudo para espantar el escozor que le producía en los ojos el golpe del zumo agrio y súbito.

—Estamos en casa, papá, por favor no me hables en inglés —contestó en un tono de voz agresivo, que lamentó en seguida. Desde su ataque al corazón, su padre se había visto forzado a permanecer recluido en el hogar, prácticamente como un inválido. Le había sido necesario abandonar su carrera militar y se limitaba a llevar a cabo las tareas más banales de la casa: limpiaba y recogía; regaba las plantas; aguardaba el regreso del resto de la familia. Habían viajado por Europa durante años, como familia militar: su madre era enfermera del Club de Oficiales y su padre había sido hasta poco antes attaché del cuerpo consular. Había vivido en Alemania, en España, en Italia, aunque para Adriana era todo lo mismo, porque se había educado en las escuelas de las bases, en las que siempre se hablaba inglés. (Todavía recordaba las filas de casas simétricas, en Alemania, en España, con sus escalones de cemento pulido y barandillas de acero resplandeciente; la nieve que cubría el inmaculado tapete verde de la grama con otro inmaculado tapete blanco, y adentro, en las pequeñas salas y recibidores decorados con ramilletes de muérdago, el eterno perfume a jamón de Virginia con piña, a pavo desabrido y sin trufar, pero siempre grande como un mundo y acompañado por papas majadas y ruedas de mermelada de arándano, flotando en el ambiente mal ventilado y asfixiante de la sobrecalefacción; las campanillas de bronce, los trineos, los eternos Santa Claus que poblaron las Navidades de su adolescencia, mientras que afuera, más allá de las alambradas eléctricas, más allá de los eternos centinelas exigiendo pases, se celebraba con troncos enchocolatados de Nochebuena, con roscas de Reyes, con zampoñas y chirimías o lo que fuera, porque daba lo mismo, era como si todo aquello no existiera porque ellos seguían eternamente flotando, desplazándose de país en país, de base militar en base militar, dentro de su irrompible pompa de jabón.) Cansados por fin de aquella vida, sus padres habían decidido regresar a la isla, y seis meses más tarde su padre había sufrido un ataque al corazón.

Comenzó a cantar "Noche de Ronda" para acompañarse en su trabajo, abriendo con énfasis la vocal final e imitando la entonación gutural e intencionadamente ordinaria de la Gorda de Oro, en el Show de Tira y Tápate de KBM. Afortunadamente no pasaba mucho tiempo en aquella casa. En cuanto terminaba de preparar la cena de sus padres, se marchaba nuevamente a la capital. Era entonces que comenzaba su segunda vida, debutando nocturnamente en un bar distinto del Condado. Esta noche le tocaba a La Pianola, donde comenzaría al filo de las once. Mañana le tocaría a La Gruta, pasado mañana a La Butaca, pasado pasado al Cotorrito.

Era un trabajo que la divertía; que la hacía sentir un disfrute extraño al desplazarse por entre aquel paraje dilapidado, barrido por la basura que vomitaba el mar y por las interminables serpentinas y papelillos arrojados por la borda desde los barcos que atracaban silenciosamente a media noche en los malecones rosados de la ciudad. Sabía que aquel empleo era peligroso, que podía poner en entredicho su carrera. De hecho, ya había recibido ofertas para trabajar de corista en varios hoteles, y pensaba que no sería difícil ganarse las simpatías de los empresarios de los cabarets, apareciendo en los shows que éstos montaban en sus establecimientos. Desde que había vivido en los Estados Unidos, sabía que, por su tipo físico, por su piel brumosa con facciones perfiladas y simétricas, le resultaba poderosamente atractiva a los turistas extranjeros. Su hotel preferido, donde hubiese querido debutar, era, por supuesto, el Condado Vanderbilt, antigua mansión de veraneo de la familia de ese mismo nombre.

La visión de aquel palacete francés, con sus techos inclinados de pizarra azul y sus mansardas parisienses, balanceado sobre la lengüeta de lo que antes había sido arena de pan de azúcar y ahora era concreto comprimido, separando la podredumbre de la laguna del Condado del océano eternamente enfurecido, la llenaba particularmente de alegría; le gustaba pasearse por sus avenidas sembradas de palmeras a la Biarritz, alineadas de honky tonk shops poblados de dildos, de consoladores electrónicos, de penes de trapo rosado y torsos de mujeres de goma, de cines triple de los eternos bares gay. Había oído decir que aquella región de la ciudad había sido conocida en una época como La Taza de Oro del Caribe, en los años en que la antigua mansión de los Vanderbilt había colindado serenamente con la casa de los Hermanos Ben, conocidos por los habitantes como los Hermanos Brothers, dueños del teléfono y del telégrafo por aquel entonces. Eran los tiempos en que la burguesía criolla de la capital había bailado codo con codo junto a los Roosevelts y los Ford;

136

en que los hijos de la crema y nata, vestidos de dril cien, habían jugado al tenis, al bridge y al backgammon, y paseado gentilmente en sus Model T's a orillas de los jardines versallescos de los Vanderbilt, antes de darse cuenta irremediablemente de que jamás serían invitados por ellos ni a beber un vaso de agua. Porque no era que la sociedad de Newport los hubiese evitado: los había boleado con la bola más negra de la lepra, desterrándolos eternamente de sus "progressive parties" y de sus "vermut-champáns"; porque la amistad con los nativos no podía pasar de un cordial saludo de bufanda o de guante de cabritilla, ejecutado a distancia y a la inglesa desde sus Rolls Royce y sus Bentleys descapotables; porque quién se creían esos negros refistoleros que eran, decían, llamando por teléfono a sus vecinos los Hermanos Ben. Entonces la burguesía criolla, herida, magullada en la prosapia más tierna de su abolengo, había clausurado las celosías francesas de sus casas y de sus clubes, y se había retirado a las alturas de Green Hills y de Gardenville, abandonándoles la Taza de Oro como trofeo a los invasores.

La región cayó rápidamente en el desahucio. Los palacetes criollos, abandonados a la carcoma del mar, se habían ido reventando por las costuras enmohecidas de sus varillas, las puertas daban portazos en el viento y la vegetación marina comenzó a tomar arraigo entre los escombros. Se inició entonces la llegada de los rastacueros, de los eternos buscavidas del norte, cargados de baúles desbordados de ropa chillona y abalorios de semillas nativas cosechadas en Iowa para tentar a los turistas de poca monta que ahora acudían a la isla, a los oscuros vendedores de zapatos, a las empleadillas del "cosmetic counter" de Woolworth, a las vendedoras de pies irremediablemente hinchados de las tiendas por departamento de Nueva York. Los nuevos empresarios de bastón al codo, clavel en la solapa y sombrero prá-prá, comenzaron a comprar entonces las casas de la burguesía criolla, en las que establecieron sus hoteles de putitas puertorriqueñas nacidas en Haití o en Santo Domingo, sus restoranes de roast-beaf y de langosta, tan cotizadas por los comerciantes de jamón de Virginia y por los cacahuateros de Carolina del Norte, sus "strip-tease bars and cocktail lounges", tan populares entre los vaqueros tejanos y sobre todo entre los Marines, que como una nueva ola invasora se desparramaban noche a noche por las calles de aquel puerto ahora ruinoso, por el que los Vanderbilt habían desembarcado antaño sus navíos repletos de champán y de foie gras.

La invasión fue demasiado para los Vanderbilt, y poco después de la retirada de la burguesía criolla ellos también se marcharon de la capital. Cerraron su palacete normando y éste fue a caer también en manos de los aventureros del norte, quienes lo convirtieron de inmediato en un "rag-time hotel". Allí hubiese querido trabajar ella; cruzar, vestida de lentejuelas nacaradas, el recibidor, montar las escalinatas de caracol y entrar al Patio del Fauno, iluminada por las fuentes que borboteaban un champán de color diferente en cada esquina; debutar cantando o bailando frente al enorme piano de cola que había acompañado en el pasado a sus héroes: a Joe Valle, a Daniel Santos, a Bobby Capó.

Comenzó de nuevo a tararear "Noche de Ronda", velando un poco la voz, e imitando esta vez la ronquera insinuante de Ruth Fernández.

—Please darling, don't sing so loud! I'm watching the last lap of the Superbowl! —le gritó desde la habitación contigua su padre, quien, herido por su reproche anterior, se había refugiado ahora en el cuarto de la televisión.

— ¡Inglés, inglés, inglés, siempre y en todas partes! —replicó esta vez Adriana, mientras picaba ahora con furia los pimientos verdes y los diminutos sombreros episcopales de los ajicitos dulces.

— ¡La clave está en no ser reconocidos, en no ser diferenciados! —Se dio cuenta de que, desde la distancia de la cocina, su exabrupto debió de sonarle a su padre a desvarío.

Se enjugó las lágrimas con el dorso de la mano y pasó al cuarto contiguo. Se acercó a su padre silenciosamente y le dio un beso en la cabeza. En realidad no podía culparlo. A los recuerdos de las casas simétricas de las bases alemanas y españolas se sobreimponían otros recuerdos que Adriana no podía olvidar: la pequeña casa desvencijada del arrabal de Bajura Honda, con techo de cuatro aguas y balcón. Allí había nacido y había pasado su niñez, y allí había ido a buscarla su padre cuando regresó de Corea, perdida ya la pequeña finca y vendida a los intereses extranjeros, para llevárselas a su madre y a ella a desplazarse por Europa en su eterna pompa de jabón.

—You must learn to speak English without an accent! —había sido la consigna de su niñez, desde su salida del arrabal—. You must learn to speak English without an accent! —le había repetido su padre en el avión, en el aeropuerto, en las casitas eternamente iguales de aquellas bases de monopolio de juguete, dando fe de que era, al fin y al cabo, digno hijo de un ladino campesino de Bajuras. Y en Alemania, en España, la consigna había funcionado. Nadie había adivinado que ellos, los Mercier de Coamo, los Such de Ciales (Such era el apellido de su madre) no llevaban el inglés sembrado en la boca desde la niñez. Es cierto que eso había sido en Europa, donde la piel trigueña y el cabello negro e inopinadamente rizo no llamaban la atención. En el Viejo Mundo los apellidos continentales los habían ayudado: sus antepasados eran franceses, portugueses, catalanes y ellos eran hijos de emigrantes, nietos de emigrantes, padres de emigrantes (los judíos del Caribe, se llamaban a sí mismos en tono de broma). Pero en Norteamérica había sido otra la historia. El inglés perfecto y el apellido exótico no habían sido suficientes. Los sacaban por la piel, por la pinta.

Su padre había regresado con ella a la cocina y se había sentado a su lado en la silla de travesaños rojos sobre la que leía matinalmente el San Juan Star. Adriana comenzó a sofreír la cebolla y el aroma de las pieles doraditas del ángel de la cocina criolla los envolvió en su nube de benevolencia. Comenzó a cantar nuevamente, esta vez en voz baja y con una brizna de ironía incrustada al fondo de la voz. "¡Oh, tierra de Borinquen, donde he nacido yo. . . !" Su padre le sonrió de soslayo, sin atreverse a mirarla.

—Dicen que la tonada no es nuestra, que es de la Linda Peruana, no sé si sabías. . . —añadió moroso, alcanzándole un ramito de culantro para que lo picara también. Adriana soltó una carcajada y se dio definitivamente por perdida.

Aquella noche, al enfrentarse nuevamente a sí misma en el espejo del tocador, pensó que su futuro se encontraba teñido de incertidumbre. Su padre y su madre habían regresado a la isla para quedarse, no le cabía la menor duda. Pero era un regreso condicionado, un regreso a medias. Por eso habían escogido aquel lugar para vivir, uno de esos barrios físicamente cercanos a la capital, pero prácticamente inaccesibles, al que sólo se podía llegar internándose por una red interminable de caminos tortuosos, que avanzaban y retrocedían irracionalmente por el bosque. Su padre jamás bajaba de la loma en la cual había edificado aquella casa, semi-imitación chalet suizo, semi-casa suburbana, con vigas de pino en los techos y balcones de madera cortados en forma de hojaldre, con baños de azulejos resplandecientes y enormes ventanales de cristal, desde los cuales podía divisarse, como en una postal que se recibe en el extranjero, la bahía de San Juan o, en días de transparencia excepcional, hasta los baluartes del Morro. Su madre, por otro lado, descendía de "la altura" sólo para internarse en la base militar norteamericana, cumplir con sus eternos deberes de enfermera, y regresar nuevamente al hogar.

Observó cómo la lamparilla que estaba sobre la mesa, cubierta por una mampara de tul rosado, iluminaba su piel morena; los anillos de azabache de sus cabellos; aquellos rizos que, en su mundo de antes, habían sido siempre la bandera de su diferencia, de su desemejanza con el mundo de muchachas albinas y desaguadas que la rodeaban. Sentía horror cada vez que pensaba que tendría que pasarse la vida transitando de un mundo a otro, como había hecho hasta entonces.

En el Conservatorio le habían aconsejado que se fuera a estudiar a Europa, que su talento se perdería en el medio cultural atrofiado de la isla, pero su situación económica era tan precaria que no sabía siquiera si podría terminar su carrera. Su sueldo de pianista-cantante le daba apenas para vivir, y la enfermedad de su padre había hecho cada vez más difíciles los pagos de su colegiatura. Definitivamente necesitaba una beca para concluir sus estudios en el último año de la universidad.

Comenzó a cepillarse la cabeza con furia, cien veces hacia arriba y cien veces hacia abajo, como hacía todos los días antes de acostarse. Al mirarse en el espejo vio que en efecto tenía un parecido con la exótica mujer de la postal que le había enviado Don Augusto. La retiró de su ranura en el marco y la colocó frente a ella sobre la repisa del tocador. Había algo ominoso en la manera en que el cabello revoleaba como un remolino negro alrededor del rostro de la Isolda del cuadro. Dejó el cepillo sobre el tocador y tomó su propia cabellera con ambas manos, esparciéndola como una cortina de luto alrededor de sus mejillas.

Pensó otra vez en Gabriel, de quien no había vuelto a saber absolutamente nada; pensó en el futuro depresivo que le esperaba a ella, si no lograba graduarse del Conservatorio: quedarse a vivir en aquella casa y servir de anfitriona a las amistades de la oficialía norteamericana que a menudo visitaba a sus padres; encontrar quizá entre ellos algún marido que la llevara a viajar por el mundo, protegida en su propia pompa de cristal. —Eso jamás, se dijo, prefiero mil veces la perdición de Sodoma y Gomorra de la capital. —Pensó en Don Augusto, cómo lo había visto aquel día en el aeropuerto, yendo y viniendo afanoso con las maletas y los bultos del hijo; la sonrisa afable, prendida eternamente a los labios; el gesto paternal y condescendiente con que la había tomado del brazo para sostenerla, para consolarla. Se vio a sí misma tambaleándose al borde de la plataforma por la que se iba alejando Gabriel, borrado a cada paso por el silbido de los motores del avión, por el polvo que levantaban a su alrededor las turbinas del DC-10. Observó todo aquello en las ondas vertiginosas de sus cabellos reflejados en el espejo, como si lo viese al fondo de un remolino embrujado. Pensó entonces que lo peor era no llegar, como Isolda, a decidir su suerte; vacilar, eternamente suspendida, entre la taza envenenada y la rosa, entre el odio y el amor.

Se sentó ante la mesa de su escritorio. Sacó pluma y papel de la gaveta y comenzó a escribir con calma, con una caligrafía segura y casi sin detenerse a pensar. Al otro día, muy de mañana, dejó caer el sobre en el cajón del buzón. Había decidido aceptar, después de todo, la invitación de Don Augusto Arzuaga, y tomarse un día de asueto visitando su Galería de Pintura Universal.

IV

Llegó temprano al centro y en la plaza sombreada por las copas simétricamente podadas de las caobas, unos jugadores de dominó le indicaron la dirección exacta de la Galería de Pintura Universal. Hacía mucho tiempo, desde que era niña, que no visitaba aquel pueblo, y había olvidado la solidez con que el calor delineaba las siluetas de los objetos, la claridad brutal con que el aire azul ardiente recortaba los contornos de los edificios, empujándolos hacia afuera como si estuviesen ordenados sobre el proscenio burdo de un teatro. Echó en falta los vientos atlánticos que refrescaban a los transeúntes de la capital, estimulando el pensamiento y la circulación, y le pareció que allí los habitantes la miraban con ojos sin brillo y parpadeaban lentamente, como si se encontrasen hipnotizados por el bochorno, agotados por el esfuerzo que representaba nada más moverse por entre el vaho alcalino que se desprendía del pavimento reblandecido de las calles.

Recordaba bien aquel calor, el sentimiento de asfixia que le provocaba Santa Cruz cuando venía con sus padres a visitar algún tío o tía, pero le pareció que el pueblo había cambiado para lo peor. A la entrada del mismo había tenido que atravesar una región industrial, donde se aglomeraban las nuevas fábricas que se habían establecido en el pueblo. De ellas procedía aquella llovizna química que caía sin cesar del cielo, arropando las elegantes calles y los edificios coloniales con un manto de murcielaguina gris, a la vez evanescente y pegajoso al tacto.

Ansiosa de salir de allí, pisó el acelerador del coche y atravesó el pueblo hasta llegar por fin a la Galería de Pintura. Era, sin duda, la construcción más sobrecogedora de todas; sobrepasaba en suntuosidad y pompa cualquier otro edificio de veinte millas a la redonda. Se trataba de un enorme monasterio estilo gótico, tallado en piedra de Siena y trasladado con claustro, contrafuertes, gárgolas y todo, a las tropicales costas del Caribe. "De la esquizofrenia de la nieve plástica a la esquizofrenia medieval", se dijo al descender del coche y entrar a la primera sala. "Creo que ya no me va a sorprender nada en este pueblo." Sintió que una vaharada de aire acondicionado le acarició la espalda desnuda, expuesta por el corte veraniego de su traje de algodón, estampado de flores rojas, que traía bañado en sudor. Dio su nombre a la entrada y se sentó a es-

143

perar a Don Augusto en un banco de iglesia, todo tallado de ángeles. Las salas estaban decoradas al gusto religioso: había incensarios y velones rojos que parpadeaban por todas partes, y frente a los cuadros había jarrones atiborrados de flores, que hacían pensar en la decoración de un altar. A los pocos minutos vio a Don Augusto acercarse por uno de los pasillos góticos, con su paso ágil y rápido que desmentía su edad. Vestía un impecable traje de gabardina inglesa.

—No sabe cuánto le agradezco el privilegio de confrontarla con su doble, la mujer más hermosa del mundo—le dijo sonriendo cuando se encontró junto a ella—. Pero antes tiene que permitirme que le muestre mi Galería.

Tomó acto seguido su bolso, para que no la importunara, y se lo entregó a uno de sus guardaespaldas, asiéndola luego gentilmente del brazo para indicarle el camino que habrían de seguir.

Atravesaron varias salas perfumadas de incienso, en las cuales el anciano le iba sirviendo de Cicerone, haciéndole notar cuáles eran los óleos, los bronces y los dibujos de mayor valor. Los óleos, ante todo, muchas veces de tema femenino, se hacinaban en profusión maravillosa sobre sus cabezas, ocupando los muros de piso a techo.

—¿No le parece que son demasiados? —le preguntó Adriana, que se sentía ya mareada por aquel bosque enloquecido de náyades, princesas y vírgenes, todas con los cabellos desordenados cayéndoles sobre el pecho, o balanceadas en actitudes de piedad precaria, por el cual se iban internando lentamente. Los velones rojos que los iluminaban, sobre todo, habían empezado a intrigarla.

—Debería de guardar algunas en el sótano, quizá así habría más tranquilidad.

—Imposible, Adrianita, los cuadros son como las personas, necesitan la luz. Un cuadro que se guarda en el sótano es un cuadro que se muere, que se asfixia; y a los retratos femeninos les sucede todavía peor. Pierden el color, se llenan de escamas, se les desprende el barniz como la piel de una señorita sin vitaminas. Las miradas de los admiradores las alimentan, les dan una razón válida para seguir existiendo. Además es necesario estar constantemente examinándolas, restaurándolas. A veces hay que lavarles el rostro con jabón de Castilla para sacarles la mugre de los siglos; otras tenderlas sobre bastidores para apretarles las cuñas; otras barnizarlas, encerarlas, reentelarlas. Son muy temperamentales, las damitas de mis cuadros; no creas, no es fácil mantenerlas en buena salud; son como divas exquisitas.

Adriana lo miró curiosa. Había algo ingenuo y a la vez tierno en Don Augusto, que lo hacía profundamente entrañable. Seguramente se sentía solo; tenía poca gente con quien hablar. Siguieron su camino y Don Augusto comenzó a relatarle en detalle la historia de la Galería de Pintura Universal. Había comenzado a formar su colección cuando estaba aún casado con Margarita, su difunta mujer. En un principio ésta había sido también una entusiasta coleccionista de arte, y habían viajado juntos a Europa, en la época en que el viejo continente era aún el Paraíso del dólar, un diverso e infinito campo de cacería para las obras de arte. Habían regresado con incontables "objects d'art et de vertu", que formaron la semilla original de la colección, y que fueron colocados, como oro en paño, en la sala formal de la mansión. Con el tiempo, sin embargo, a medida que Don Augusto iba adquiriendo más y más cuadros, casi todos desnudos femeninos (barrocos, españoles, italianos o franceses, no albergaba prejuicio alguno por la nacionalidad), la casa se vio invadida por aquellas telas que a veces alcanzaban una dimensión apocalíptica, y Margarita comenzó a sentirse amenazada. Se le metió en la cabeza que el cariño de Don Augusto por las mujeres de aquellos cuadros competía con su cariño por ella.

Don Augusto la tranquilizaba; le aseguraba que aquellas mujeres no eran sino sombras indefensas, algunas de las cuales tenían varios siglos de ancianidad, y no podía creer lo que oía cuando Margarita afirmaba que su pasión por la Magdalena, por la Friné o por la Salomé ponía en entredicho la armonía de su unión matrimonial. Al cabo del tiempo, Don Augusto tuvo que plegarse a las protestas de su mujer. Se vio obligado a construir otra mansión estilo gótico, exactamente igual a la que habitaban entonces, y a la cual se trasladaron a vivir. Quedó así segregado el "harén", como Margarita lo llamaba, de su hogar católicamente constituido, y allí vivía él ahora, completamente solo desde la muerte de su esposa hacía ya dos años, y la más reciente partida de Gabriel para el extranjero.

Adriana encontraba aquel relato inverosímil de tan excéntrico, pero había llegado a la conclusión de que, en aquel pueblo, las excentricidades eran la regla de conducta de los habitantes. Se dejaba arrullar por el tono placentero de la voz del anciano, sin animarse a pensar en nada, a preocuparse por nada. Escuchaba como en un sueño el sonido de las cascadas que vertían, al centro de cada salón, unas fuentes medievales, talladas en granito negro y sembradas de lirios blancos. Sentía, además, una como seguridad, una sensación de poder al pisar aquel piso de losas antiquísimas, extraídas de un palacete francés. Miró·a su alrededor y se percató de que el estallido seco de sus tacos, mezclado al murmullo del agua, era casi el único sonido que se escuchaba en los salones en aquel momento. Observó la presencia de otros visitantes, pero éstos se escurrían como sombras silenciosas por los recodos de los pasillos, iluminados por la luz fantasmagórica de los velones. Pisaban en puntas de pie y hablaban todo el tiempo en voz baja, en un tono a la vez reverente y apagado.

Llegaron por fin al salón principal, originalmente el refectorio del palacete, en el cual se encontraba exhibida la "Mùerte de Isolda". Las paredes estaban cubiertas por retratos de mujeres lánguidas, de Reynolds, de Ingres y

Gainsborough, reclinadas sobre sillones de ormul o desmayadas sobre cortinajes antiguos, todas con la misma expresión de estar muy por encima de las miserias de este mundo.

Adriana se sentó al borde de una de las fuentes medievales que circundaban el cuadro de Isolda y se dijo que aquella visita había sido una equivocación, que jamás lograría que aquel hombre le pagara la beca que necesitaba para terminar sus estudios. Hundió la mano en el agua helada durante algunos minutos, jugando con los lirios que cabeceaban de un lado para otro al impulso de la corriente.

—Debió haberse vestido de azul agapanto en lugar de rojo bermejo —le dijo Don Augusto—. El azul agapanto es el color de Isolda, porque es el color de la fidelidad. Pero no importa. A pesar de ello el parecido resulta sorprendente, realmente sorprendente. La misma piel brumosa, casi ocre, los mismos cabellos rizos ingobernables.

Adriana se volvió hacia el cuadro y observó detenidamente la superficie aporcelanada de la pintura. Estaba en perfectas condiciones y parecía que hubiese sido pintado el día anterior. Sobre las mejillas de Isolda brillaba aún el arrebol de la juventud. La frescura de los pliegues de su vestido, una elaborada creación cortesana, con falda tipo campana recamada enteramente de piedras preciosas, resultaba extraordinaria. Las pinceladas eran apenas discernibles bajo la capa translúcida del barniz.

Al ver los colores saludables que iluminaban las mejillas de Isolda, Adriana se sintió desilusionada. —Entonces usted me estaba mintiendo, porque la taza de oro no contenía veneno, sino un filtro encantado —le dijo en tono de reproche—. Aunque para los efectos daba lo mismo. Si recuerdo bien la historia de Isolda, el bálsamo del amor fue lo que la condujo a la muerte, porque acabó traicionando al Rey Marcos.

Estaba decidida a ganarse la antipatía de aquel hombre, a lograr que la rechazara como ella lo rechazaba a él. Jamás se rebajaría. Jamás le pediría dinero. —Además, no me gusta esa mujer, la encuentro demasiado relamida y emperifollada; totalmente parcial a las ideas chauvinistas del pintor. —La Isolda del cuadro llevaba, en efecto, un ridículo adorno de cabeza, que imitaba el surtidor de una fuente. Adriana sonrió, mostrando una dentadura perfecta como una hilera de perlas, de la cual la Isolda del cuadro se hubiese sentido sin duda envidiosa si hubiese podido sonreír.

El anciano la miró sorprendido antes de arrojar su hermosa cabeza plateada hacia atrás y prorrumpir en una carcajada argentina. El timbre de su risa no era animoso, sin embargo, sino lleno de bonhomía y admiración.

—Es usted realmente una monería, una caja llena de sorpresas —le dijo, tomándola gentilmente del brazo—, no sabe cuánto me agradan sus opiniones. Una mujer a la vez inteligente y exquisita, que piensa por sí misma; capaz de poner en jaque a cualquiera. Reconozco que me ha ganado la partida. En adelante ya no podré llamar a la Isolda de mi cuadro la mujer más extraordinaria del mundo.

La conversación había hecho acudir el color al rostro del anciano, que la miraba con ojos brillantes. Al caminar en dirección a la salida, Adriana no pudo dejar de admirar el tono rosado de su piel sobre las sienes, el corte masculino de su espalda dentro de aquel traje impecablemente cortado. "Aunque sea veneno y no un filtro de amor, si la taza es de oro sólido, quizá me decida a tomarlo", se dijo al alejarse de aquella sala. Y unos minutos más tarde, aceptó la invitación para regresar a la Galería de Pintura Universal la siguiente semana, cuando Don Augusto le tendría preparada una sorpresa.

V

Seis días más tarde, al sábado siguiente, llegó temprano al palacete y se sentó a esperar en el mismo incómodo banco de la vez anterior. Se había vestido con esmero; llevaba un enorme sombrero de ala ancha, que iluminaba su rostro con una luz dorada, y vestía falda y blusa color azul agapanto, atado el cabello con una cinta del mismo color. Por fin vio acercase a Don Augusto por uno de los pasillos. Cuando llegó a su lado, le besó la mano y murmuró con una sonrisa: —¿Cómo se encuentra hoy mi Isolda? ¿Va a serme de veras fiel hasta la muerte? —Adriana sabía que se refería al color de su vestido, que había elegido a propósito para la visita, pero no se dio por aludida.

Caminaron juntos hasta llegar a una puerta disimulada, incrustada en el costado de uno de los salones principales, que Don Augusto abrió con una llave que llevaba en el bolsillo. Pasaron a un claustro silencioso, rodeado de columnas de alabastro. De lo alto de las murallas caían macizos de jazmines como cataratas de un verde mate, salpicadas de diminutas estrellas blancas. Al centro se acumulaban nuevamente los lirios, distribuidos simétricamente por una serie de canales de mármol negro por los que corría un agua helada. Entre los canteros, semiocultos por el follaje y a veces en actitud de fuga, otras simplemente de pie en medio de la vegetación, gozando de la belleza expuesta de sus cuerpos, se encontraba una serie de esculturas, probablemente de procedencia griega o romana. Adriana se internó por uno de los senderos y a los pocos pasos divisó una pequeña glorieta en la que había colocada una mesa para el almuerzo. Todo estaba dispuesto con un gusto impecable, desde el mantel de damasco ribeteado con hilos de plata, hasta la batería de argentería francesa, ordenada como las teclas de un instrumento musical a uno y otro lado de los platos. Se sentaron en sillas de varas de bambú doradas y brindaron, entrechocando copas, por aquel encuentro. El cristal resonó con el tañido inconfundible del baccarat. Adriana recordó los cuentos de hadas que había leído de niña, en los que las mesas aparecían siempre servidas por manos invisibles, y los manteles eran levantados como por arte de magia, en cuanto los invitados terminaban de cenar.

—Don Augusto, yo . . .

—Por favor, no me llame Don. Tenga compasión de mí, Adrianita, de mis canas y de mis arrugas. Tengo bastante para avejentarme yo solo.

—Dispense la pregunta, Augusto —le dijo en tono conciliatorio— pero de veras me gustaría saber su propósito al edificar esta magnífica Galería en Santa Cruz. ¿No ve que para los santacruzanos el arte no es más que un mito? No entienden nada; no saben nada. Aunque, por supuesto, ellos no tienen la culpa. Tampoco han tenido quién los enseñe.

—No sólo de pan vive el hombre, Adrianita, recuérdelo —le respondió Don Augusto—. El arte, como la religión, como todo lo grande en la vida, es un misterio que a veces no conviene develar. Al menos aquí los santacruzanos vienen a inspirarse, a sublimar las pasiones viles que los confunden; a encontrar, en fin, una razón válida para seguir viviendo.

Adriana se rió de buena gana. Había comprendido de pronto el por qué de aquellos velones siniestros que humeaban por todas partes, de los visitantes silenciosos, que hablaban piadosamente en voz baja y caminaban por los pasillos suntuosos en puntas de pie. Don Augusto no era tan distinto de los parroquianos que visitaban los boites nocturnos de la capital: aquéllos estaban dispuestos a cualquier cosa para alimentar sus sueños románticos, mientras él hacía lo mismo con sus sueños de redención popular. Midió bien sus próximas palabras y adoptó una pose lánguida, casi inerme. Tomó la copa de champán por el fuste y bebió un sorbo largo, sonriéndole a Don Augusto por sobre el borde delgadísimo del baccarat.

No veo cómo nadie pueda encontrar una razón válida para seguir viviendo, embelesado como un memo frente a una obra maestra que no entiende. ¿No sería mejor fundar una academia de pintura, o, lo que sería mejor, de música, de escultura, o de ... lo que se le ocurra? Así yo podría venir a visitarlo más a menudo. Al presente, curso mi cuarto año de estudios de piano en el Conservatorio, y es posible que me vea obligada a abandonarlos, por causa de la enfermedad de mi padre...

Había dejado por fin caer la bomba y sintió de pronto repulsión de sí misma, pero se dijo que no le importaba, que luego se sentiría peor si no se arriesgaba. No se atrevió siquiera a mirar a Don Augusto, cuando añadió con más seriedad: —Estoy solicitando ahora mismo una beca del Gobierno, aunque ya usted sabe, sin un mecenas privado y con la crisis económica que existe en el país...

Don Augusto la miró asombrado, y su rostro se entristeció. —No sabía que fuese estudiante del Conservatorio, Adrianita —le dijo cariñosamente—. Claro, ahora comprendo el por qué de sus opiniones sobre ese hecho tan trascendental que es el arte. No se preocupe, tendrá su beca. Hoy mismo me ocuparé de que la Galería de Pintura Universal le financie el préstamo que necesite. —Adriana guardó silencio, pero el uso del diminutivo la enterneció. Sintió una felicidad pequeñita subiéndole por las plantas de los pies, incrustándosele en cada una de las vértebras de la espalda.

Era demasiado orgullosa para ser efusiva, pero a la hora del postre le dio sinceramente las gracias. De pronto había comenzado a sentirse bien, a sentirse a gusto. Había sido cruel con Don Augusto, que era un hombre generoso. Los rumores que había escuchado sobre él en la capital debían de ser ciertos: había oído decir que él había donado cientos de miles de dólares para la universidad, para los asilos, para los hospitales, para un sinnúmero de instituciones benéficas en el pueblo. Y era además un hombre refinado, de un gusto exquisito. Nadie que no lo tuviera hubiera podido crear un lugar tan hermoso como aquél. Le pareció que el agua que derramaban las fuentes se mezclaba a la luz increíblemente transparente que los rodeaba, bañándolos con una gran paz espiritual. Todo allí, el claustro medieval, las esculturas, las flores, parecía emitir un vaho helado, destinado a purificar el alma, a conservar la lozanía de la juventud. Frente a ellos, en una bandeja de porcelana azul orlada de perejil fresco, una langosta a la vinagreta, ensortijada como un panacho rojo sobre los abanicos tiernos de las lechugas, emanaba un perfume suculento.

Adriana observó atentamente a Don Augusto, que levantó en silencio el pequeño tenedor de tres puntas del lado izquierdo de su plato, y se dispuso a imitarlo. Antes, sin embargo, desplegó sobre su falda la servilleta de hilo blanquísimo, doblada en forma de mitra, que se encontraba frente a ella. Fue entonces que descubrió la sorpresa.

Al desdoblar el género encontró, oculto bajo sus pliegues, un pequeño estuche de terciopelo negro. Sintió que la sangre le acudía al rostro y se llamó a sí misma necia, cretina; no era posible que tuviera tan poca sofisticación.
—Le agradezco mucho su gesto, pero sabe que no voy a aceptarle ningún obsequio —dijo, sorprendida ante la ecuanimidad de 'su propia voz.

Don Augusto levantó inocentemente los ojos del plato y siguió comiendo, como si no hubiese pasado nada.
—De no haber sido por su increíble parecido con la Isolda del cuadro, a la que conozco desde hace tanto tiempo, jamás me hubiese atrevido a tomarme esta confianza —le dijo en tono de broma—. Pero desde la tarde en que la conocí llevo esa pequeña ofrenda en el bolsillo, aferrado a la loca, a la desatinada idea de que quizá algún día llegaría a vérsela puesta. Acéptela o rechácela, Adrianita, no tiene la mayor importancia; ni la compromete a nada.

Adriana sacó el anillo del estuche y lo sostuvo con la punta de los dedos, con esa reverencia rayana en estupor con que las personas suelen a veces sostener los objetos que se encuentran económicamente fuera de su alcance.

—Todo el capital de mis padres no daría para comprar la montura de esta alhaja. Debe tener un valor verdaderamente astronómico —dijo en tono de asombro, y, colocándose el anillo en el anular de la mano derecha, lo admiró más de cerca.

La aguamarina, tallada en forma de corazón y de un peso de alrededor de veinte kilates, le iluminó el dorso de la mano con su resplandor azul. —Es como llevar un enorme pedazo de hielo en el dedo —añadió—, me temo que muy pronto me cansaría de cargarlo. —Pero los fulgores entrecruzados de la joya retuvieron su atención y no se la quitó, sino que permaneció contemplándola unos segundos, moviendo la mano en diferentes direcciones para que la atravesara la luz.

—Es como su corazón, Adrianita, una gota de cielo límpido —dijo Don Augusto—. No sabe cuánto la admiro por su idealismo, por su ilusión.

Adriana siguió comiendo sin despojarse de la joya y tuvo que parpadear varias veces para tragarse las lágrimas. No sabía si lloraba de alegría o de ira, pero se dijo a sí misma que ahora por nada del mundo daría marcha atrás. Comieron en silencio y no volvieron a mencionar el tema. No fue hasta la hora del postre, cuando un camarero silencioso como una sombra surgió de entre las columnas para retirarles los platos, y colocar ante ellos dos copas altísimas, colmadas de unos cucuruchos color de nube que Adriana descubrió eran nieve de limón, que Don Augusto le hizo por fin aquel comentario, aquella proposición inverosímil que ella había estado temiendo toda la tarde.

—Cásese conmigo, Adrianita. Cásese conmigo mañana mismo y le prometo que podrá estudiar todo lo que se le antoje.

VI

Quedó fijada la fecha de la boda para dos meses después, y Adriana se mudó con su familia a Santa Cruz para los preparativos. La generosidad de Don Augusto no tenía límites. Gracias a su ayuda económica, su padre recibió un tratamiento esmerado en el mejor hospital del pueblo y comenzó a mejorar. Su madre pudo dejar de trabajar para dedicarse a cuidarlo. Don Augusto le prometió que, luego de algún tiempo, cuando él lograra resolver unos asuntos de negocio que tenía pendientes en Santa Cruz, se mudarían a vivir a la capital. No sólo le costearía sus estudios en el Conservatorio, sino que luego de su graduación se trasladarían a vivir a Europa, donde ella podría proseguir su carrera de música bajo la tutela de los mejores maestros.

Don Augusto, en fin, la adoraba; respetaba su menor capricho como si se tratara del dictado del destino. Si vivía inmerso en su mundo de fantasía; si quería hacer de su Galería una iglesia y del arte una religión esotérica, no sería ella quien se opondría. Ella ya había sufrido bastante, como satélite de sus padres, transitando eternamente de las bases militares norteamericanas a su casa, y lo más importante era ahora su independencia, su propia seguridad.

—Después de todo —se dijo—, puedo ayudar a Don Augusto en muchas cosas. A hacer una buena muerte, por ejemplo, así como él puede ayudarme a hacer una buena vida. Nos complementamos en nuestras necesidades, y eso quizá pueda llamarse algún día, si se quiere, amor.

Como parte de los preparativos de la boda, Don Augusto hizo redecorar los jardines de su palacete. Contrató a un arquitecto francés para edificar, en medio de ellos, un pabellón o gazebo que él mismo bautizó el "Quiosco del

Amor". Una vez terminado, mandó colocar en él una estatua de Venus tallada en mármol. El rostro de la estatua, de fría belleza clásica, hubiese podido pertenecer a cualquier mujer hermosa, pero en su cuerpo desnudo Adriana reconoció de inmediato, secretamente sorprendida ante la imaginación y el atrevimiento del anciano, una reproducción exacta de su propio cuerpo. El descubrimiento la sorprendió. Supuso que Don Augusto le habría enviado al escultor una foto suya tomada en secreto, confiando en su discreción.

—Es la Venus de la fidelidad, por eso la he puesto en el lugar de honor, para que presida en nuestra boda —le había dicho con una sonrisa, señalando el plinto todo sembrado de agapantos con que había mandado adornar la base de la estatua. Su silencio casi ingenuo, al disfrutar sin malicia de aquella broma privada mientras le rendía tácitamente homenaje, terminó por conmover a Adriana.

A los pocos días de su llegada a Santa Cruz, Don Augusto insistió en que Adriana lo acompañara a sus oficinas para mostrarle desde ellas el panorama de su Imperio Industrial Universal. Subieron juntos los veinte pisos del edificio en un elevador blindado. Una vez en su despacho, Don Augusto dictó varias cartas, hizo varias llamadas por el intercom, se comunicó con París para hacer una oferta en una subasta de arte, le llamó la atención a los gerentes de una de sus fábricas por un problema de producción. Ante aquella actividad incansable Adriana pronto se sintió aburrida. Se levantó y caminó hasta la ventana, pero el espectáculo de las fábricas la deprimió. Las calles del pueblo se veían tristes, cubiertas por aquella eterna capa de polvo que se arremolinaba en pequeñas nubes sobre las copas de los árboles. Por primera vez se daba cuenta de que eran las fábricas de Don Augusto las que vomitaban aquel polvo sobre el pueblo.

—Es el polvo del progreso, Adrianita —le dijo Don Augusto, como si adivinara su pensamiento—. Ese polvo se lo debemos a los norteamericanos y vale su peso en oro. Es lo que le permite comer, dormir y disfrutar del progreso, de la vida moderna, a los habitantes de Santa Cruz.

Adriana se sintió incómoda, pero guardó silencio. Sabía que a su prometido no se le podía contradecir en aquel punto, porque su admiración por los norteamericanos no tenía límites. Augusto la miró pensativo, como si leyera en su mente, y le hizo una seña para que se le acercara.

—Mira, Adrianita —le dijo, tomándola de la mano con cariño—. Eres una chica extraordinaria: todo lo que hago por ti lo hago porque te lo mereces, no porque me lo agradezcas. Pero en el caso de los norteamericanos, tienes que aprender a ser más comprensiva; a adquirir, con el tiempo, una perspectiva histórica. Antes de su llegada, este pueblo se encontraba en un estado lamentable. Los españoles nos tenían hundidos en el atraso y en la ignorancia más vil. Por eso Santa Cruz recibió a los norteamericanos con los brazos abiertos y mi padre fue testigo de eso el día del desembarco. Fueron ellos quienes construyeron todos los hospitales, las escuelas, las carreteras, fueron ellos los que nos trajeron el siglo veinte.

—Hace sólo algunos días me dijiste que habían sido los hacendados cañeros quienes habían mantenido al pueblo hundido en el atraso durante los últimos cincuenta años, —le respondió Adriana.

—Es que eso también es cierto, Adrianita, y por eso los hacendados se merecen lo que les ha sucedido. La ruina y el desprestigio en que se ven sumidos se lo han buscado ellos. Porque prolongaron en sus haciendas, luego del desembarco, el sistema de explotación injusta del régimen español, y no ha sido hasta ahora que los norteamericanos los han obligado a cambiar.

Adriana no pudo más y soltó una carcajada. Era cierto que los norteamericanos habían traído el progreso a la isla, y ella no rechazaba ese progreso. También les agradecía el que los hubieran librado finalmente de los espa-. ñoles. Pero le daba risa que Augusto pensara que los norteamericanos habían hecho todo aquello por altruismo. —Tú sabes bien que la Metrópoli estuvo siempre aliada a las grandes corporaciones azucareras y que de éstas, las más poderosas y las que más explotaban, eran precisamente norteamericanas —le respondió Adriana molesta. Pero se dio cuenta de que Augusto ya no la escuchaba, porque se había puesto a hojear lentamente la libreta donde se encontraban apuntados los invitados a la boda.

—Precisamente de los norteamericanos quería hablarte —le dijo con una sonrisa—. Es muy importante que los socios norteamericanos del Banco asistan a la boda.

Adriana lo miró asombrada. —Yo también quería hablarte precisamente de eso —le dijo—. Comprendo que invites a los hacendados, por ser parientes lejanos de Gabriel y de Margarita, así como a los demás ejecutivos del Banco, pero lo de los norteamericanos no lo entiendo. Quería pedirte que les retiraras la invitación. No quiero tener que servirles de anfitriona en mi propia boda; ya me basta con haberlo sido durante tantos años en casa de mis padres.

Augusto cerró los ojos e inclinó, con un suspiro, la cabeza sobre el respaldar de la silla. Cuando habló por fin, la voz pareció salirle de una caverna que acababa de abrírsele al fondo del pecho. —Lo siento, Adrianita —le dijo en un tono trémulo y frágil, que ella no le había escuchado antes—. Pero eso es imposible. Es muy importante que los norteamericanos asistan a la boda, y que tú les caigas simpática. Nuestro matrimonio ha dado que hablar en el pueblo, y existe el peligro de que, a causa de ello, en el Banco me vayan a cancelar los préstamos.

Adriana, inmóvil, lo miró en silencio.

—Es cierto; parece inverosímil —añadió Don Augusto cada vez más apesadumbrado—. Es que son años difíciles para las Empresas. Pero aunque hoy no podamos fiarnos de nadie en Santa Cruz, estoy seguro de que mis amigos norteamericanos no nos traicionarán.

VII

El día de la boda Adriana salió por la tarde al jardín, a darle una última ojeada a los preparativos, que ya habían sido dispuestos por todas partes. Frente a ella, bordeando la orilla posterior de la piscina, se desplegaba la pista de baile, construida especialmente para la ocasión; la tarima en la que se sentarían los músicos y un sinnúmero de mesas forradas de raso blanco, colocadas en derredor. Se sentó en un pequeño banco a orillas de la piscina, y miró su rostro reflejado claramente en el agua. Se inclinó un poco hacia adelante y recordó el día en que había recibido en su casa la tarjeta de Isolda, y las esperanzas falsas que se había forjado a causa de ella. Pensó que todo lo que estaba pasando lo había visto reflejado proféticamente en el espejo, al fondo del remolino de sus cabellos, aquel día.

"Me parece bien que sea Isolda quien hoy le de una pequeña sorpresa a Don Augusto", pensó riéndose de su propio reflejo en el agua. Recordó el día en que, dos semanas antes de la boda, se recibió en la casa la respuesta de los socios norteamericanos del Banco, Mr. Harvey, Mr. Campbell y Mr. Young, informando que asistirían con gusto a la boda. Don Augusto había dado un suspiro de alivio al abrir el sobre, convencido de que aquella tarjeta auguraba buenas nuevas para las Empresas Arzuaga. Se la tendió a Adriana por encima de la mesa del desayuno, para que ella también la leyera. —Ya ves cómo mis amigos son fieles —le dijo con una sonrisa—. Vendrán a la boda y se resolverán nuestros problemas con el Banco.

Poco después de esto recibieron la respuesta de los socios santacruzanos, que fue también afirmativa. La decisión había sido tomada en el Banco luego de una reunión borrascosa en la cual las esposas de los gerentes se habían opuesto terminantemente a aceptar la invitación. Según ellas, el matrimonio de Don Augusto con Adriana Mercier, cantante de cabaret, era un desafío abierto a los cánones de moralidad del pueblo. Llevado por fin a votación el asunto, sin embargo, se convino que, por el bien de la sociedad, demasiado desgarrada ya por el conflicto entre hacendados e industriales, el Banco enviaría a sus representantes a la celebración. Se acordó que estos mantendrían en todo momento una actitud de propiedad intachable, correcta pero distante, que desalentara las elucubraciones malsanas respecto a la política económica de la institución.

Adriana se alejó del borde de la piscina y, como general que inspecciona minuciosamente el campo enemigo antes de la batalla, comenzó una gira de supervisión de los jardines. La mesa de los invitados de honor, en la cual se sentarían los novios y los invitados principales, había sido colocada bajo un toldo de franjas azules y blancas que aleteaba levemente en la brisa. Contó los lugares dispuestos, los platos y las copas; verificó los arreglos de orquídeas, que formaban verdaderos bosques de cotiledones color púrpura al pie de los candelabros de plata. Se cercioró de que Mr. Campbell, Mr. Young y Mr. Harvey quedasen sentados a la cabecera, muy cerca de ella. Los hacendados y sus esposas se sentarían al lado izquierdo de la mesa, y los socios santacruzanos del Banco y sus esposas se sentarían al lado derecho. Satisfecha con la inspección, caminó hasta la pista de baile. Allí se encontraba el "conversation piece" de la noche, el Quiosco de la Venus del Amor. Había dispuesto ya previamente que, al comenzar a tocar la orquesta, los invitados de honor caminarían hasta allí, y bailarían el primer vals alrededor de la estatua. Una brisa húmeda, de chubasco impertinente, comenzó a alborotar los helechos gigantes que aleteaban alrededor de la piscina. Notó que se había hecho tarde, y decidió irse a vestir a su habitación.

Empujó con cautela la puerta de su cuarto y verificó que estaba sola; dio un suspiro de alivio porque no quería encontrarse con nadie antes de vestirse para la recepción. Se quitó los zapatos sin encender las luces y los seis espejos que forraban de techo a piso las paredes del cuarto reflejaron su cuerpo en las penumbras mientras se fue desvistiendo. A pesar de que lo había planeado todo con amplia premeditación, se le hacía difícil respirar. Tomó, de la consola del tocador, los polvos de Coty tonalidad "Alabastro" y comenzó a empolvarse. Una vez terminó, se ciñó a la cintura el armazón de crinolinas que se había mandado a hacer en secreto con la modista del pueblo, y movió con agilidad las piernas desnudas dentro de la enorme campana de aros de metal. Vistió de inmediato el traje de raso azul agapanto, cuajado de canutillos mostacillas que imitaba una campana cubierta de piedras preciosas, y se colocó sobre la cabeza el aparatoso adorno en forma de surtidor, exactamente igual al que Isolda llevaba en el cuadro, y que haría las veces de tocado de novia.

Cuando su toilette estuvo terminada, caminó hasta el centro de la alcoba y encendió las luces del techo para verse reflejada en los muros de espejo. El vestido la hacía parecerse aún más a su doble, y eso haría sentir contento a Augusto. Decidió entonces ensayar el vals de aquella noche, y apretó el botón del tocacintas. Escuchó, inmóvil sobre la alfombra, los primeros acordes flotar en el aire helado del cuarto, antes de abandonarse riendo a la marea de la música.

VIII

La boda tomó lugar en la Galería de Pintura, a la luz de los vitrales medievales de la capilla. Adriana desfiló hasta el altar al ritmo de los acordes del "Beata Virgine" de

Monteverdi, ejecutada con cara de aburrimiento por un fraile centenario sobre el teclado polvoriento del órgano. Don Augusto quedó encantado con su atuendo. Había mandado a traer el cuadro de Isolda a la capilla, y antes de la ceremonia la hizo girar lentamente frente a él.

—Estás absolutamente despampanante, Adrianita. Harás que el resto de las damas, incluyendo a la Isolda original, se sientan como faroles apagados —le dijo al tomarla cariñosamente de la mano para acompañarla hasta el altar. Y Adriana, pese a su intención de mantenerse lejana e indiferente, inclinó hacia él su cabeza tintineante de canutillos y agujas, para que le diera un beso.

Terminada la boda y pronunciados los parabienes a la puerta de la iglesia, la comitiva se desplazó de inmediato en limusina hasta el jardín de la casa. Los novios caminaron juntos hasta el lugar reservado para ellos en la mesa principal, desde el cual se podía divisar con facilidad la pista de baile, y se sentaron cada uno a la cabecera opuesta. Adriana vio venir a Mr. Campbell, a Mr. Harvey y a Mr. Young, y les hizo señas para que vinieran a sentarse junto a ella. Así lo hicieron, y muy pronto se les vio a los cuatro en animada conversación. Las esposas de los socios santacruzanos del Banco se acercaron poco después a ellos, prendidas como orquídeas malévolas a los brazos de sus maridos. Como era costumbre por aquel entonces en las fiestas de Santa Cruz, tanto los hacendados como los banqueros acudieron casi todos armados. El que menos ocultaba, bajo el saco impecable de su chaqué, alguna cobra, alguna calibre 32.

Las esposas de los banqueros, vestidas uniformemente de negro, guardaban un silencio displicente, rechazando con sonrisas frígidas a los mozos que intentaban llenarles las copas de champán. Las de los hacendados, por el contrario, ornadas de boas y plumas polvorientas, y emperifolladas con joyas y flores pasadas de moda, bebían cantidades pantagruélicas de champán y hacían todo lo posible por animar la conversación. Se sentaron por fin todos a la mesa y los mozos comenzaron a pasar las fuentes por entre los invitados. A lo lejos se escuchaban los trombones de César Concepción barrer de extremo a extremo la pista con sus fogonazos de plata.

Ni la música ni el champán, sin embargo, lograron disipar la tensión que se veía dibujada en todos los rostros. Tanto los hacendados como los banqueros espiaban a Mr. Campbell, a Mr. Harvey y a Mr. Young, que charlaban animadamente con Adriana. El consenso general era que si alguno de éstos la invitaba a bailar, al Banco Condal no le quedaría más remedio que condonarle los préstamos a Don Augusto, porque eran ellos quienes finalmente decidían la política de crédito de la institución. Don Augusto, sentado al otro extremo de la mesa, se dispuso a hacer el brindis de la boda.

—Compueblanos —dijo, levantando con bonhomía su copa—; hacendados, banqueros, ciudadanos de Santa Cruz, amigos todos. He querido tenerlos aquí conmigo esta noche, para que sirvan de testigos a mi felicidad. Brindemos por mi amada esposa, Adriana Arzuaga, luz de mis ojos, sal de mi casa, dulce Isolda de mi corazón.

Los invitados brindaron y, luego de un aplauso desganado, comenzaron a comer, concentrando toda su atención en los deliciosos manjares que les humeaban sobre los platos.

—Su novia es extraordinariamente hermosa —le comentó Mr. Campbell a Don Augusto, desde el extremo opuesto de la mesa—. No parece puertorriqueña; más bien parece egipcia o quizá oriunda del sur de Francia.

La risa de Adriana se mezcló al tintineo de las lágrimas que se balanceaban sobre su cabeza. Se inclinó provocativamente hacia Mr. Campbell, para servirle una cucharada de mayonesa fresca sobre la ensalada de langosta. Éste se sintió poderosamente atraído hacia ella, y le clavó sin remilgos unos ojos de perro hambriento en el escote.

—Se aburre usted aquí en Santa Cruz seguramente, luego de cantar en tantos lugares interesantes en San Juan, ¿no es cierto? —le dijo éste en una voz cargada de insinuación. Adriana se limpió un dedo embarrado de mayonesa en una de las hojas plateadas del centro de mesa y le contestó que sí, que tenía toda la razón. No le importó que mencionara su vida nocturna de la capital ante las esposas de los banqueros; más bien se alegró de ello. Le colocó a Mr. Campbell con disimulo la mano derecha sobre el muslo y le sonrió pícaramente. César Concepción, como sincronizado a distancia con Adriana, siguió al pie de la letra la melodía de "Noche de Ronda" que ésta comenzó a tararear.

Al lado izquierdo de la mesa el silencio de las esposas de los banqueros se hizo ominosamente sombrío, en relación directa a la creciente intimidad entre Adriana y Mr. Campbell. Los vapores del champán, el calor y la oscuridad que emanaba de sus lóbregos vestidos, habían convocado una nube de majes que giraba en espiral sobre sus cabezas, y que les daba un aspecto entre cómico y endemoniado. Temían decididamente lo peor. Veían peligrar, en las hambreadas miradas que ahora Mr. Young también le dirigía a Adriana, todas las directrices morales del Banco Condal.

En aquel momento, Mr. Young le pidió a Adriana que le sirviera a él también un poco de mayonesa en la ensalada, y ella lo complació, introduciendo luego su mano derecha bajo el faldón de encaje de la mesa y acariciándole a él también el muslo. Los extranjeros se deshacían en sonrisas y cumplidos, y Adriana muy pronto empuñó, ya segura de su ascendencia sicológica sobre ellos, su segundo cetro.

Los hacendados y sus esposas, como para subrayar el significado de lo que estaba sucediendo, reían a carcajadas, y comenzaron a despojarse de corbatas y mantones, ansiosos de comenzar a bailar. Alto, enjuto, con las colas del frac impecablemente dobladas scbre la falda para que no se le estrujaran, Don Augusto sonreía y brindaba por Adriana copa tras copa, desde el extremo opuesto de la mesa. Se encontraba absolutamente ajeno a lo que estaba sucediendo y confiaba en que el champán, la simpatía de su esposa y el maravilloso ambiente que los rodeaba, surtiría muy pronto un efecto benéfico sobre sus amigos extranjeros, y que éstos le condonarían los préstamos. Hierática, casi inmóvil sobre su silla, Adriana le sonreía a distancia, como para alentarlo.

Terminados los postres y el café, el maestro de ceremonias anunció por fin llegado el momento en que los novios deberían de bailar el primer vals. Caminaban ya Don Augusto y Adriana hacia la pista, cuando Mr. Campbell los detuvo. Poniéndole a Don Augusto el brazo sobre el hombro, le pidió que le hiciera el honor. El novio accedió y Mr. Campbell, haciendo caso omiso de las miradas asesinas que los socios santacruzanos y sus esposas le dirigían, tomó la mano enguantada de Adriana y se dirigieron juntos hacia el centro del salón. Don Augusto regresó a su lugar en la mesa, y un rumor como de ola se levantó de entre la concurrencia. Los invitados todos se pusieron de pie para contemplar a la pareja.

Los músicos blandieron en alto trombones y trompetas y Adriana se abandonó riendo a la marea de la música. Disfrutaba de antemano del efecto de su broma inocente sobre la concurrencia. No fue hasta la quinta vuelta, cuando la velocidad de los giros de Mr. Campbell sobrepasó la velocidad de los latidos de su corazón, que la rígida campana de piedra que le colgaba de la cintura comenzó a elevarse, comenzó a cimbrearse cada vez más alto, a la altura de sus rodillas, de sus pechos y de sus muslos, sostenida por los arcos de seda de sus enaguas. Adriana no podía parar de reír, y su risa hacía tintinear aún más sobre su cabeza su absurdo cucurucho de lágrimas. De pronto los hacendados y sus esposas dieron un grito de júbilo, y se arrojaron en tropel a bailar sobre la pista, ya en pleno despelote de sus vergüenzas más íntimas. Los gerentes del Banco, por su parte, enfurecidos con los hacendados y con sus socios norteamericanos, se abalanzaron sobre ellos y sobre Adriana, desatándose entre la concurrencia un verdadero huracán de pistoletazos, carterazos y zancadillas, como hasta entonces jamás se había visto en Santa Cruz. Al sexto compás quedó por fin revelada la sorpresa, aquel espectáculo escandaloso, inconcebible que provocó aquella noche la ruina de Don Augusto Arzuaga, el desmoronamiento irremediable de su Imperio Industrial Universal. la visión del cuerpo empolvado de Adriana, desvergonzadamente desnudo dentro de su traje de Isolda, idéntico al de la Venus del Quiosco del Amor. Al terminar la pieza, Adriana había dejado de reír. Se dio cuenta de que estaba llorando, y no entendía por qué.

IV. LA EXTRAÑA MUERTE DEL CAPITANCITO CANDELARIO

El suceso tomó lugar por los años en que la Metrópoli comenzó a lavarse de las manos la sangre del Cordero manso de San Juan. La Metrópoli tenía la conciencia tranquila y en ningún momento intentó justificar su acción; en sus recientes reuniones, el Congreso de la nación había propuesto en ambas cámaras y casi por unanimidad, la independencia para la isla de San Juan Bautista. De todas maneras, habíamos siempre querido ser independientes sin atrevernos a serlo, nos decían los representantes de la Metrópoli, y ahora por fin lo seríamos, con la ayuda y beneplácito de nuestro padrino mayor. Seríamos el primer país latinoamericano en llegar a ser independiente "malgré tout" y "malgré lui". nos decían con risitas veladas los senadores de la Metrópoli. Seríamos, oh musa eternamente vejada de la historia, el primero en llegar a ser independiente a la fuerza. Que aprendiéramos de una vez por todas, nos repetían los representantes, que no era lo mismo sonear con guitarra que con violín; y que agradeciéramos el que a nosotros, al menos, a diferencia de nuestros paupérrimos hermanos latinoamericanos, nos había sido concedido el disfrutar de las bienaventuranzas del Paraíso durante los últimos noventa años. Que volviéramos ahora, nos repetían los senadores, a nuestras imaginarias minas de cobre y de sal; que volviéramos a cortar caña como el alacrán; que volviéramos a recoger café y tabaco por las jaldas cundidas de tuberculosis y de perniciosa; que volviéramos, como los nativos solían hacerlo antaño para la diversión de los turistas, a zambullirnos por unos cuantos cuartos frente a los puentes cegadoramente iluminados de los trasatlánticos blancos. El Caribe, nos repetían los legisladores en sus sesiones augustas, ya no les interesaba. Aquel prado sere-·no por el cual habían surcado en arco sus pelotas de golf, aquel páramo mágico por el cual habían retozado, a la hora del ocaso y para su deleite, las manadas de delfines y de careyes que luego habían ido a decorar, eternizadas en túrgidas taxidermias, las paredes de sus oficinas y de sus mansiones suburbanas, se había convertido ahora en un marasmo mecido por el canto de sirenas muertas.

Y la culpa de todo la habíamos tenido nosotros, nos decían, los propios isleños, víctimas de una soberbia que nos había llevado a estrangularnos con el cordón umbilical de nuestra propia placenta, con el enrevesado ombligo de un estado que sería ahora por siempre natimuerto. Porque qué otra cosa había sido sino la soberbia, el poseimiento de un hubris olímpico y de una avaricia sin límites, nos decían, lo que por un lado nos había llevado a negarnos a pedir la estadidad por unanimidad, meciéndonos en el subibaja de un ser y un no querer ser que sólo podía parecer indignante a los ojos del mundo, mientras que por otro lado clamábamos que éramos parte del pueblo escogido por Dios, y que teníamos, nosotros también, derecho a habitar nuestro Paraíso. Porqué había sido aquel sentido equivocado de la igualdad lo que nos había llevado a exigirles a los habitantes de la Metrópoli un pago cada vez mayor por el uso del Caribe como piélago privado de recreo; a cobrar cada vez mayores intereses por el privilegio de que se exterminaran nuestros peces y nuestra exótica flora y fauna. Había sido aquella soberbia lo que nos había finalmente convencido de que teníamos derecho a recibir los mismos sueldos y los mismos beneficios que recibían nuestros conciudadanos del norte, por confeccionar un azúcar, un ron y un café, así como por enlatar unos atunes y confeccionar unos productos químicos y unos instrumentos electrónicos que, después de todo, eran inevitablemente embarcados camino al Norte.

Era cierto que hacía ya algunos años que la isla de San Juan Bautista le costaba a la Metrópoli varios millones de dólares al año, pero ésta había sostenido sin chistar el gasto, sin por ello deshacerse de ella. Los legisladores tenían muy presente el que la isla se encontraba estratégicamente situada frente al Canal de Panamá, situación geográfica que la convertía en centinela sin precio para los trasatlánticos de la Metrópoli. Durante los últimos años, había sido gracias a la presencia del leal Cordero de San Juan, armado hasta los dientes como cancerbero feroz, que la Metrópoli había logrado trasladar pacíficamente sus cargamentos de petróleo, desde las costas de Venezuela y México, hasta los puertos de San Francisco, de Baltimore y de Nueva York, atravesando un mar cada vez más turbulento. El Caribe se había transformado últimamente en un hervidero envenenado de islas, que más parecían serpientes, tarántulas y escorpiones a punto de escupir su veneno contra el continente.

Esta situación decidió a los legisladores a estudiar detenidamente el problema de la seguridad estratégica del Caribe. El resultado de estas investigaciones fue la creación de un satélite centinela que, situado específicamente en órbita sobre el Canal, se encargaría en adelante de supervisar la zona. Todo movimiento enemigo contra los trasatlánticos petroleros de la Metrópoli equivaldría en adelante al aniquilamiento atómico instantáneo de la isla o país que hubiese intentado el ataque. Resuelto de esta manera el problema de la defensa de la zona del Canal, la Metrópoli no necesitaba ya de la isla de San Juan Bautista, y los legisladores decidieron, por lo tanto, darle su libertad.

Los sucesos que aquí se narran tomaron lugar algunos años antes de que el Partido fuese definitivamente derrotado, y de que llegáramos al poder nosotros, los defensores de un nuevo Estado y de una nueva Ley. Hoy somos finalmente un país independiente, aunque nuestros enemigos dicen que bajo nuestro régimen no existe la libertad. Esto no resulta extraño: la patria perfecta no existe, y es necesario defenderla de los soñadores .ingenuos, como el Capitán Candelario, por ejemplo. Los dirigentes del nuevo Partido tenemos, respecto a la muerte del Capitán Candelario De la Valle, nuestra conciencia tranquila: De la Valle murió como hubiese deseado morir, y fue, después de todo, gracias a nosotros, que tuvo una vida corta y heroica, en lugar de una vida larga y sin honor.

El cuerpo desnudo del Capitancito Candelario, florecido de heridas de picahielo, apareció tendido en la acera del Puente del Agua, en medio de lo que llegó a conocerse como la Gran Batalla de la Salsa, primer encuentro de esa guerra sangrienta entre Soneros y Rockeros que se desató en la isla a pocos meses del anuncio de su posible independencia. Aquella noche trágica las aceras del Puente del Agua amanecieron sembradas de cuerpos de músicos danzantes y de agentes de la ley indistintamente, cuyos azules laberintos de vísceras y entrañas adheridas al pavimento como oscuras amapolas sangrientas no auguraban nada bueno en el caldeado ambiente de la Capital.

Se sospechaba que en todo aquello había habido una traición, pero esto nunca llegó a aclararse a ciencia cierta. La victoria de los conspirados se debió a que, teniendo en un principio los Rockeros todas las ventajas tácticas, éstos habían permanecido inactivos, alelados quizá por el restallar hipnótico de los cueros y de los cantos de los Soneros, y sin decidirse en ningún momento a actuar. Los Soneros, a más de esto, demostraron aquella noche unos conocimientos estratégicos sorprendentes, atrapando a los Rockeros en una encerrona sangrienta, que los hizo perecer sin remedio entre los paredones de los condominios y el mar. La muerte del Capitán Candelario tuvo, sin duda, mucho que ver con aquella derrota, al dejar a su batallón de Misioneros sin liderato y cabeza. El enigma estuvo en cómo los Soneros habían adquirido aquellos astutos conocimientos bélicos, encontrándose el Capitán en todo momento rodeado, mientras duró la batalla, por sus Misioneros más fieles.

En los juicios que se celebraron luego, hubo principalmente un testimonio que puso a salvo el honor de Candelario en este sentido. El teniente Misionero Pedro Fernández, uno de los pocos sobrevivientes de aquella masacre, testificó haber visto a Candelario luchando en combate desigual y heroico contra sus enemigos. Gracias a su testimonio, los restos del Capitán fueron expuestos bajo la Rotonda del Capitolio por orden del Gobernador, y su pecho fue cubierto por una ristra resplandeciente de medallas de gloria, pero en la Capital se rumoraba que, en aquellas efemérides dudosas que le había celebrado el Partido, había habido mucho de embuste y de cuento.

El Capitán Candelario De la Valle había sido reclutado por el Partido como Jefe de los Misioneros hacía sólo seis meses, y se acababa de graduar hacía escasamente un año de la Academia Militar de North Point. Capitán de guante blanco, banda de raso azul cruzada al pecho, sable inmaculado al cinto y alto penacho de plumas cabrilleándole sobre la frente, de sus cuatro años en la Academia lo que más le había apasionado habían sido sus clases de estrategia y de historia, las paradas de corneta y trombón de vara por los prados esmeraldinos de Observation Point, y sus diarios ejercicios de esgrima. Acababa de cumplir veintidós años y llevaba lo militar en la sangre: tataranieto de un coronel español y de un brigadier inglés, no le interesaba para nada el dinero, pero sí el honor, la dignidad y la gloria.

Candelario era un hombre culto, de refinado sentido estético, y tenía una idea particular de lo que debería de ser la guerra, así como también el amor. Para él la guerra era la actividad más heroica de la que era capaz el hombre, y el amor la más sublime, pero el amor y la guerra sólo podían hacerse en aras de una mujer y de una patria perfectas. Tenía aún esperanzas de encontrar a la primera, pero consideraba que su destino trágico lo había estafado

173

para siempre de la segunda. Al ingresar a North Point, su héroe máximo había sido Simón Bolívar, pero una convicción profunda respecto a la naturaleza tímida y apocada de su pueblo lo había hecho desistir de intentar imitarlo. Como él, Bolívar había estudiado en la mejor academia militar de la Metrópoli, por aquellos tiempos España, pero Bolívar era natural de Venezuela, una nación valiente y poderosa, y pudo por ello llegar a liberarla. Aquella dulce patria que le había deparado la suerte, era, por el contrario, a pesar de la auténtica pasión que Candelario sentía por ella, una isla pobre y pequeña.

Hay que reconocer que aquel doloroso convencimiento sobre el espíritu apocado de su pueblo no se debía exclusivamente al carácter delicado y sensible del Capitancito, sino que le había sido inculcado desde niño por amigos parientes y maestros, para que no se le fuera a olvidar nunca que aquel terruño querido, mínimo, menudo y tierno, no podía llegar a ser nunca un país independiente. Porque aquella amable Antilla, la Menor de las Mayores o la Mayor de las Menores, no era otra cosa que una pintoresca cagarruta de chivo, un huevecillo pintón de paloma, un mítico moco de Hespéride, milagrosamente a flote entre las níveas espumas de los corales del archipiélago. Por eso le repetían que su isla no era sino un Paraíso de muñeca: sus valles eran pañuelos, sus ríos eran riachuelos, sus montes eran colinas, sus minas eran de embuste y, como si esto fuera poco, se balanceaba precariamente al borde de uno de los abismos submarinos más profundos de la tierra, y el menor sismo de rebelión la precipitaría al fondo de sus tenebrosas veinte mil millas.

Candelario había aceptado, no sin un sufrimiento auténtico, aquella premisa de cordura que le aconsejaba la gente de su mundo. Desde entonces leyó a Gautier Benítez con más pasión que antes, y se convenció de que aquel verso que él tanto amaba, aquel "Todo en ti es voluptuoso y leve / dulce, apacible, halagador y tierno, / y tu mundo moral tu encanto debes / al dulce influjo de tu mundo externo", era el verso más profético que se había escrito sobre su patria. Era por eso, se decía, que inocentes de la felicidad que provoca el ardor de la pólvora sobre la piel y el fragor de los pendones sobre la frente, sus compatriotas habían permanecido yaciendo mansamente durante cuatrocientos años junto a aquellas frescas aguas, como el Cordero de los Salmos. Era por eso que, desde los tiempos de Isabel II, a su patria le había sido adjudicado proféticamente el blasón del Cordero de San Juan, aquel "por ser muy fiel y muy leal" que, estampado en cinta azul, se encaracolaba eternamente alrededor de sus delicados cascos. Era por eso, se repetía tristemente Candelario, que el Partido en el poder, intuyendo con sabiduría la idiosincrasia de su pueblo, había formulado aquella ley, que, a su regreso a la isla de la Academia, lo había sorprendido tanto: poseer la bandera monoestrellada era un crimen de Estado, y el blasón del Cordero de San Juan había pasado a ser el único lábaro oficial de la patria.

Los burócratas del Partido sin duda tenían razón: ¿cómo iba a llegar nunca a ser libre un pueblo cuyo único grito de guerra había sido, durante siglos, el balado lamento del "Ay bendito"? Aquella pregunta torturaba al Capitancito en sus noches de insomnio, sin encontrar jamás para ella una respuesta. Candelario era, en fin, un idealista, pero era un idealista triste, y hasta el cielo de su patria le parecía más bajito, menos azul, más pequeño.

El Partido había reclutado a Candelario con miras a inyectar, en el ánimo de los Misioneros, una nueva adrenalina, en la que se encontraran destilados los últimos conocimientos marciales del ejército norteamericano, pero su error estuvo en no dejárselo saber claramente. Dieron por sentado que Candelario entendería su propósito, y se limitaron a informarle que su deber sería devolverle a las calles y avenidas de la Capital un orden y una tranquilidad que se había esfumado por completo de ellas por aquellos tiempos.

A pesar de que no se sabía a ciencia cierta cuándo se pasaría, en la Cámara y en el Senado de la Metrópoli, la aterradora resolución de la independencia, ni si el Presidente estamparía o no finalmente sobre ella su sello implacable, en la isla la confusión y la violencia cundían por todas partes. En sus rondas por las calles de la Capital, el Capitancito era testigo diario de ello. Había visto cómo los hombres de empresa nativos, banqueros, comerciantes e industriales por igual, presos de un pánico apocalíptico, corrían despavoridos a las bóvedas desclimatizadas de sus bancos, a sacar sus certificados de ahorro, sus joyas y sus platerías, que trasladaban diariamente en cofres sellados a las cabinas de sus yates y de sus cesnas. Vio cómo, protegidas por las tropas de la Guardia Civil y hasta por los Marines, las atuneras, las refinerías, y las enlatadoras, así como los grandes consorcios de productos químicos y de máquinas electrónicas extranjeras, cerraban súbitamente portones y puertas, y sus empleados comenzaban a desmantelar las maquinarias más valiosas, transportándolas rápidamente a las naves que aguardaban atracadas en los puertos. En sus paseos nocturnos el Capitancito escuchaba con tristeza las chimeneas, grúas y andamios abandonados de las fábricas emitir, movidos por el viento, extraños quejidos, como si se tratara de enormes órganos tocados por fantasmas.

Desde sus escaños en el Senado y en la Legislatura local los legisladores del Partido tomaban medidas cada vez más radicales para enfrentarse a aquella crisis. Como un intento desesperado por economizarle gastos a la Metrópoli, y para que ésta no sintiera ya que la isla era una carga onerosa sobre sus hombros, los legisladores tomaron medidas económicas extremas. Esfumados en el azul empíreo quedaron los sellos de alimento, los románticos subsidios federales para la construcción de escuelas, hospitales y carreteras, así como el seguro social. En sus programas de radio diarios, transmitidos por Radio Rock y Radio Reloj, sin embargo, éstos insistían en que aquellas medidas eran sólo temporeras. "No pierdan la cordura, compañeros —decían— revístanse de serenidad. Recuerden que más se perdió en Corea, en San Felipe y en San Ciriaco, cuando la isla se enfrentó, con ánimo heroico, a catástrofes semejantes."

Una persona como Candelario era de principal importancia en el programa que hacía ya varios meses el Partido intentaba poner en práctica: demostrarle a la gran nación norteamericana que los habitantes de la isla podían apretarse heroicamente los cinturones, y soportar aquellas medidas estoicas con orden y con dignidad; convencerlos, en fin, por medio de un comportamiento ejemplar, de que no deseaban su partida. El deber de Candelario, en fin, como Jefe Militar de los Misioneros, consistiría en imponer con disciplina férrea en el pueblo ese nuevo orden, en la esperanza de que los ciudadanos de la Metrópoli se arrepintieran de su aterradora determinación.

Candelario, no obstante las órdenes que recibió de sus superiores, cometió el error de no darles la suficiente importancia. Su preocupación máxima era, como lo había sido siempre, el ejercicio de la guerra como la actividad más sublime de la cual era capaz el hombre, y al recibir su comisión se arrojó en cuerpo y alma a la tarea de entrenar a sus Misioneros de acuerdo a un nuevo sistema de disciplina, que fortaleciese en ellos no sólo el físico, sino también el intelecto y el espíritu. Casi todos aquellos jóvenes que cayeron bajo su mando habían servido previamente en los cuerpos militares más elitistas de la isla, como la Guardia Civil y la Fuerza de Choque, pero al conocerlos mejor Candelario no lograba salir de su asombro. Eran jóvenes de origen humilde, que habían abandonado los caños pestíferos de los arrabales sólo gracias a una constitución física privilegiada, y a nadie se le había ocurrido enseñarles otra cosa que no fuese el ejercicio de la fuerza bruta sobre sus víctimas.

Compadecido de lo que consideraba una trágica estrechez de horizontes intelectuales y espirituales, de la cual los Misioneros no eran responsables, Candelario se propuso ampliárselos, considerando, tal y como le habían enseñado en su Academia, que el mejor guerrero era aquél cuyas facultades superiores habían sido desarrolladas al máximo. Fue así cómo, sacando fondos de su propio peculio y sin parar mientes en las repercusiones que aquella iniciativa pudiera tener, poco después de comenzar el entrenamiento de sus agentes compró todo un cargamento de libros referentes a la filosofía, a la sociología y a la ética de las artes marciales, y lo repartió entre ellos, obligándolos a empaparse tanto del pensamiento de Sócrates, de Aristóteles y de Platón, como de las hazañas de Julio César, de Leónidas y de Alejandro Magno. En cuanto a la educación física, a más de esto, Candelario prohibió en adelante a sus agentes el empleo indiscriminado de cachiporras y armas de fuego, que en su opinión atrofiaban los reflejos naturales del hombre para defenderse, conminándolos a lograr un dominio absoluto del cuerpo según los preceptos griegos, y ejercitándolos diariamente en el arte del pugilismo y de la palestra, así como en el manejo del disco, de las argollas y de la pértiga.

Candelario se consideraba afortunado ya que, desde los primeros días de su asignación, había logrado establecer una amistad estrecha con uno de los tenientes más respetados de su tropa. "Chóquela, compueblano", había dicho genialmente al conocer al teniente Fernández, un moreno alto y delgado, oriundo, como él, de uno de los pueblos del oeste de la isla. "Estoy seguro de que, tirando parejo, podremos salir juntos de estos aprietos."

Ambos sentían una admiración sin límites por la historia, así como por la valentía y por el honor, que consideraban las virtudes máximas del hombre. Candelario amaba la historia de su isla, y se sabía de memoria los nombres de los trescientos noventa y cinco gobernadores españoles que la habían gobernado antes de la llegada de los norteamericanos, considerándolos, sin duda con demasiado idealismo, caballeros de capa y espada, cuya ocupación principal había sido civilizar y fundar. Pedro, por su parte, quien no compartía para nada la pedagógica visión de mundo de Candelario, admiraba sobre todo a los indios Caribe, los cuales se habían enfrentado innumerables veces a los españoles, sin que éstos lograran jamás someterlos.

—Eran verdaderos guerreros, maestros tanto en el arte de la guerra como en el de la escultura —le decía riendo a Candelario—. Cuando armaban la guasábara, mataban a los españoles vertiéndoles oro derretido por la boca con un embudo, dizque para convertirlos en estatuas resplandecientes dentro del molde de sus propios cuerpos.,

El que los antepasados del Capitán Candelario fuesen gente adinerada y de posición social, mientras que los del teniente Fernández hacía ciento cincuenta años eran esclavos, no afectaba en lo absoluto el buen entendimiento entre ellos. Candelario era biznieto de Don Ubaldino De la Valle, cuya casa en la hacienda había ardido misteriosamente la noche de la muerte de su bisabuela, Doña Laura. Su abuelo Don Arístides le había vendido la Central Justicia a los norteamericanos de la Central Ejemplo, y con ese dinero había logrado sacar a la familia de aprietos. Candelario había nacido en una hermosa casa de pórticos griegos en la Capital y había sido criado, como hijo único que era, como oro en paño. Su padre, Don Alejandro De la Valle, era doctor en medicina, y había nacido, como· Candelario, en la Capital, pero la familia siempre se consideraba guamaneña. Así le constaba a Candelario, quien durante sus frecuentes visitas al pueblo se sentía revivir con sólo poner el pie en él.

Pedro, por su parte, había nacido en el arrabal más feroz de Guamaní, donde las habilidades bélicas y la prontitud de los puños eran tan imprescindibles como el respirar y reír. Antiguo refugio de truhanes, asesinos y traficantes de toda laya, en el arrabal habían establecido sus residencias los veteranos de esas guerras orientales en las cuales la Metrópoli se había visto recientemente envuelta, en aras de la paz mundial. Hacía ya casi un siglo que, en compensación justa por esa ciudadanía que ahora se veía inconcebiblemente puesta en tela de juicio, los habitantes de la isla luchaban en el ejército de la Metrópoli.

Al comenzar a establecerse en él los veteranos de las guerras, el arrabal donde había nacido Pedro había sido re-bautizado orgullosamente Villa Cañona, en honor a aquellos residentes que habían perecido en lejanas tierras como carne de cañón. Los habitantes originales del barrio, sin embargo, acostumbrados a la remunerativa y despreocupada vida del estupro y del lenocinio, resentían profundamente la presencia cada vez más numerosa de aquellos maltratados héroes de la patria, que regresaban tullidos y mutilados a asolearse a las puertas de sus casas, ensombreciendo las antes alegres calzadas con la tristeza de sus cantos guerreros. Era a causa de esto que en Villa Cañona tomaban lugar diariamente por lo menos media docena de anónimos tiroteos, apertrechados los combatientes tras los balcones de cemento de sus casas.

En una de aquellas casas de madera desvencijada y techo de zinc agujereado, defendida a la vuelta redonda por un impresionante balcón de cemento armado que hacía las veces de parapeto de fuerte (estilo arquitectónico que caracterizaba todas las casas de Villa Cañona) había venido al mundo Pedro Fernández, hijo de un veterano condecorado de la guerra de Vietnam. Venía, como Candelario, de una familia de larga tradición militar, pero que se había visto envuelta, más recientemente que la de éste, en el ejercicio de las artes bélicas. Su tío, Monchín Fernández, se había quedado tuerto en la batalla de Pork Chop Hill, no sin antes llevarse por delante a media docena de coreanos al encaramarse descalzo, como buen campesino que era, a las ramas más altas de una palma que le sirvió de atalaya de tiro. En Vietnam Pedro había perdido, a más de esto, a sus dos hermanos mayores, cuyos corazones de acero púrpura su madre había incinerado, en una ceremonia de iracundo despojo, en un caldero rociado previamente de agua bendita, frente a la imagen de Ochún, Virgen de la Providencia.

Su padre, Juan Fernández, estaba vivo de milagro: había empleado su cuerpo como bomba de tiempo, al arrojarse con una granada activada en la mano sobre una trinchera enemiga durante la ofensiva del Tet. En la opinión de Marcelina Fernández, el cheque de mil dólares mensuales que le enviaba la Administración de Veteranos era un insulto a la dignidad humana, como si pudiesen de alguna manera compensarla por la tragedia de su moreno, antes tan fornido y jacarandoso, reducido ahora a un montón indefenso de mondongo que se desplazaba en silencio, confinado a una silla de ruedas, por las penumbras de la casa.

Huyéndole a este historial de violencia que plagaba a su familia, así como a las batallas campales que se desataban diariamente entre proscritos y veteranos por las calzadas de Villa Cañona, Pedro soñaba de niño con llegar a ser el baloncelista estrella de su pueblo. Sin duda se encontraba muy bien dotado para ello: gracias a la sorprendente estatura que desarrolló en la adolescencia, en su barrio algunas veces lo llamaban El Watusi y otras La Muralla, y a esto se añadía la velocidad vertiginosa de sus pies, que parecían estar provistos de alas. Estuvo muy cerca de lograr su sueño: como era un estudiante brillante y se ganaba muy pronto la simpatía de sus maestros, a los diez y ocho años fue el ganador de la Beca Roberto Clemente, que ofrecía su escuela pública, y con aquella ayuda logró ingresar al equipo de Basket Olímpico de la isla. La hazaña de Pedro, al ser escogido para formar parte de un equipo de atletas tan destacados, había hecho que su padre, su tío Monchín y sus primos, así como muchos de los habitantes de Villa Cañona, se sintieran enormemente orgullosos de él.

La situación álgida por la cual atravesaba la isla, sin embargo, había hecho que el equipo Olímpico cayese recientemente en desgracia. Se decía que si Roberto Clemente, el Titán de Bronce, había jugado en el equipo de los "Piratas", y había sido capaz de batear dos mil hits con los cuales habían tachonado de estrellas el cielo de Pittsburgh, resultaba inconcebible que los atletas del equipo de Basket Olímpico insular se negasen a integrarse a los atletas internacionales de la Metrópoli. Fue así como, pocos días antes de su ingreso al equipo de Basket, Pedro recibió un mensaje del Partido, felicitándolo por su nombramiento, pero sugiriéndole que por qué no se cambiaba mejor al equipo de la Metrópoli, en el cual gracias a la recomendación que ellos le prometían, de seguro sería admitido. Pedro, sin embargo, rechazó el ofrecimiento, aduciendo modestamente que no le gustaba viajar y que lo ponía nervioso eso de ser un jugador Metropolitano, prefiriendo ser conocido sólo en su pueblo como el Relámpago de Villa Cañona.

El Partido decidió entonces tomar cartas en el asunto. Un día en que Pedro salió de su casa en dirección del gimnasio Olímpico, se vio interceptado en el camino por un destacamento de Misioneros. Estos, luego de quebrarle ambas piernas, le gritaron que por qué el Relámpago de Villa Cañona ya no corría y se quedaba tan quieto, si sabía que se le estaba haciendo tarde para la práctica. Pedro, que vestía en aquel momento su mameluco de raso azul con listones plateados sobre los hombros y llevaba puestos los tennis monoestrellados que eran el orgullo de su profesión, los miró desde el suelo con todo el odio del que fue capaz. Paralizado por el dolor, se le hizo imposible mover las piernas una sola pulgada, para esquivar los puntapiés que los Misioneros, al verlo indefenso sobre la calzada de fango, seguían descargando impunemente sobre él. Varias horas después sus parientes lo hallaron inconsciente sobre el pavimento, y lo llevaron consternados a su casa, pero Pedro no quiso hablar una sola palabra sobre el asunto. Se rehusó a revelar quién le había administrado aquella soberana madriza, y se refugió en un silencio hosco, que preocupaba profundamente a sus padres. Tendido en su camastro, a la cabecera del cual había colgado sus tennis monoestrellados, lo único que le interesaba era leer las noticias que salían publicadas en la prensa, sobre el éxito que estaba teniendo la campaña oficial para evitar la catástrofe de la independencia.

—El Partido tiene razón —le decía su madre mientras ésta le cambiaba pacientemente los vendajes y lo ayudaba a mover las piernas, ensoquetadas penosamente dentro de gruesas columnas de yeso—. Debemos de hacer todo lo posible porque los norteamericanos no se vayan. Y si es necesario para ello eliminar al equipo Olímpico y dejar que nuestros mejores jugadores se integren al equipo de la Metrópoli, que se haga así de una vez.

Pedro tardó varios meses en sanar de su accidente, pero no llegó nunca a jugar en el equipo Olímpico insular, ni en el de la Metrópoli. A pesar de que recobró el uso funcional de ambas piernas, en adelante se le hizo imposible correr, porque arrastraba ligeramente la pierna derecha. Aquel desgraciado evento, así como la estrechez económica que plagaba a su familia, lo llevaron a escoger la carrera militar por sobre las perecederas y poco remunerativas glorias del deporte y, lo que fue más importante, lo obligó a adoptar, como premisa principal de su vida, aquella máxima que reza: "el que pega primero, pega tres veces". Era por ello que no se encontraba para nada de acuerdo con aquel empeño que Candelario ponía en humanizar el entrenamiento de los Misioneros, tanto en el aprendizaje de una disciplina más civilizada y lúcida, como en cuanto al inútil cultivo del deporte clásico.

A pesar de estas diferencias de actitud ante la vida, ambos amigos se tenían un afecto sincero. El Capitán tenía una confianza absoluta en su teniente y solía siempre consultarle sus decisiones, mientras que Pedro era, a su vez, un amigo fiel, servicial y resuelto, que le solucionaba a Candelario todos los problemas prácticos. Como venía también de una familia de tradición militar, apreciaba las virtudes de su nuevo jefe y disfrutaba enormemente de su compañía, sirviéndole de chofer, ocupándose de sus ropas y hasta cargándole el maletín; siguiéndolo, en fin, a todas partes, como el discípulo fiel pisa la sombra de los pasos de su maestro.

Alto y gallardo, de pie en su jeep descapotable conducido por Pedro, y con el uniforme de dril azul marino galoneado de estrellas y de carneros dorados, Candelario patrullaba día y noche las calles de la Capital. La noticia de la amenaza de la independencia había sumido al pueblo en la consternación y el caos. El llanto y las lamentaciones retumbaban de calle en calle, y no bien caía el sol todos corrían aterrados a refugiarse en sus casas. La ciudad se veía invadida, a más de esto, por una verdadera nube de pequeños rateros, carteristas y proxenetas, que intentaban aprovecharse del desorden imperante, y el Capitancito se entregó a la labor de librarla, a la cabeza de sus Misioneros, de aquella plaga. Sus convicciones privadas, sin embargo, lo llevaron a prohibir que los truhanes y malhechores fueran golpeados inmisericordemente luego de ser detenidos, como hasta entonces había sido la norma. Candelario se ocupaba personalmente de que los arrestos se llevaran a cabo en forma civilizada. Bajo un sol perruno, con los carneros de oro de sus insignias a punto de derretírsele sobre los hombros, el Capitancito descendía de su vehículo y apostrofaba a los desgraciados. Les señalaba entonces, ocultando su mirada entristecida bajo su visera de charol, que arrancando cadenas, desarrajando bolsas y asaltando negocios ajenos, todo por miedo a la independencia, estaban encanalleciéndose la propia alma, y que el valor que habían demostrado en aquel desgraciado suceso deberían de salvarlo para momentos más dignos.

Estos episodios, sin embargo, finalizaban siempre de la misma manera. No bien Candelario y Pedro se alejaban de allí en el jeep descapotable, los Misioneros descargaban sobre los detenidos un verdadero huracán de puñadas, dentelladas y patadas, destinadas a dejar al truhán medio muerto sobre la acera. Maldiciendo entonces contra un destino que los había destacado bajo las órdenes de un petimetre primadonna que les prohibía el uso de cachiporras, tubos y macanas, obligándolos a machucarse canillas y nudillos en el ejercicio de aquel proverbio que dice "la letra de la ley sólo con sangre entra", los Misioneros levantaban en vilo a sus víctimas, y las arrojaban violentamente al fondo de sus camionetas.

En otras ocasiones Candelario, conducido por Pedro, se internaba en su jeep por los barrios residenciales más lujosos de la Capital, llevando a éstos también la vigilancia de sus Misioneros. Con el rostro ensombrecido de tristeza, el Capitancito observaba entonces cómo, de la noche a la mañana, y como si se hubiese anunciado en la Cordillera Central la irrupción inminente de un volcán, aquellos barrios habían amanecido florecidos de una epidemia de letreros que ponían en venta mansiones, piscinas y coches de lujo, en la ilusoria esperanza de que llamaran la atención de algún ministro extranjero que sobrevolara la isla, o de algún cheque árabe que, como cantaba por aquel entonces el sonero mayor, "les lloviera del cielo pagadero al portador". Inclinándose entonces hacia su amigo, y hablando en voz baja para que el resto de los agentes no pudiera escucharlo, le confesaba que aquellos actos de la gente de su propia clase lo abochornaban. Fuese o no cierto el rumor de que la independencia de la isla se avecinaba, a la hora de la verdad, toda huida de la patria equivalía a una traición. Y, tomando el rostro enigmático de Pedro, que miraba sin pestañear el pavimento de las calles por las que iba conduciendo, como prueba de que éste se encontraba de acuerdo, le confesaba que por eso se sentía mucho más a gusto con gentes de origen humilde como él, porque la verdad más lapidaria que en su vida había pronunciado Jefferson había sido aquella sentencia que dice: "los comerciantes no tienen patria".

Candelario acudía también, acompañado de Pedro, a las frecuentes actividades sociales a las que los Misioneros solían ser invitados por aquellos tiempos. Como élite que arriesgaba diariamente la vida por la patria, éstos eran bien vistos y espléndidamente agasajados en todas partes, y ambos amigos se aprovechaban de las oportunidades que aquel privilegio les brindaba. En las frecuentes funciones de gala, en la Fortaleza y en la Casa Blanca, que el Partido celebraba por aquellos tiempos, ambos jóvenes ofrecían un espectáculo espléndido; Candelario alto y esbelto, con su mechón de pelo rubio cayéndole ingobernable sobre la frente, y Pedro igualmente alto aunque más fornido, inclinando siempre un poco hacia adelante su cuerpo color canela, para disimular con elegancia la cojera de su pierna derecha, y como si sintiera rozarle sobre los hombros el manto color flamígero de sus antepasados guerreros. El contraste tan grande que ambos amigos ofrecían con el resto de los tofetudos y mofletudos agentes, que pavoneaban sin ninguna gracia por entre las invitadas sus molleros de molleja fresca y sus pantorrillas de trallazo de cecina, los hacía cada vez más populares entre las jóvenes, y en aquellas ocasiones ambos llevaron a cabo innumerables conquistas.

Aquellos episodios románticos, sin embargo, en lugar de hacer sentir bien a Candelario, lo deprimían. A diferencia de Pedro, para quien el amor no pasaba de ser un juego intrascendente, una diversión pasajera a la cual los peligros a los que se enfrentaban diariamente en la ciudad les confería pleno derecho, para él los sentimientos del corazón seguían siendo una materia muy seria. Por más que intentaba enamorarse de una de aquellas jóvenes de sociedad, le era imposible hacerlo. Era como si, de tanto perfeccionarse en las artes militares, hubiese llegado a ser todo disciplina y pensamiento, y hubiese perdido contacto irremediablemente con su cuerpo; o como si, de tanto soñar en la mujer perfecta, a quien había dibujado innumerables veces en su mente mientras intentaba conciliar el sueño sobre su catre de hierro, los rasgos de ésta se le hubiesen ido poco a poco gastando, perdiendo sus incisivos perfiles bajo el incansable pasar y repasar de sus párpados. Sus aspiraciones desmedidas, así como su natural tímido e introvertido, inevitablemente destinaban a Candelario al fracaso en sus aventuras románticas. Verificaba todas las mañanas, en su diminuto espejo de campaña, el perfil agraciado de su rostro, el cabrilleo de sus cabellos dorados, rizados naturalmente, y las proporciones atléticas de su tórax, pero cuando en las noches se encontraba solo en compañía de las jóvenes, se sentía siempre torpe y apocado. Al término de cada fiesta, invitaba siempre a alguna de ellas a subir a su departamento, pero una vez allí, cuando ésta lo abrazaba y lo besaba, le daba inevitablemente la sensación de estar abrazando a una estatua fundida en bronce, a la cual le han vaciado las entrañas. Finalizado el platónico episodio pasional, consumido en patética floración el inguinal hongo rosado que le había brotado brevemente a Candelario entre las piernas, la joven se levantaba de su catre, se peinaba y se vestía, y se despedía de él, sin volver a acudir jamás a aquel banquete en el cual inevitablemente se esperaba que se conformara con el perfume condimentado de las fuentes. Era por ello que, mientras a Pedro nunca le faltaban jóvenes agraciadas con las cuales salir, y que incluso encontraban atractiva su deformidad, Candelario iba perdiendo cada vez más su popularidad entre ellas, viéndose obligado a regresar en las noches completamente solo a su departamento, o, lo que era peor, acompañado por alguna felina prostituta de la Capital.

Por aquellos días, sin embargo, tomó lugar un suceso que alejó a los dos amigos de sus preocupaciones románticas. Los Soneros ganaban cada vez más partidarios en la Capital. Indiferentes a la hecatombe económica que amenazaba el país, los capitaleños se habían entregado en cuerpo y alma a una verdadera fiebre de salsa, cuyos cueros y bongoses reventaban día y noche en oleadas agresivas por sobre los techos de las casas y edificios de los barrios más pudientes. Vestidos con mahones descoloridos, exóticas camisetas color flama y con los cabellos teñidos siempre de rojo enseretados sobre la cabeza, los Soneros celebraban sus conciertos en todas partes. Su música se había puesto de moda no sólo en los cafetines de los barrios pobres, sino que se escuchaba ahora en los bares y discotecas más elegantes de la ciudad, donde, para disgusto de los dirigentes del Partido, ésta había ya casi aniquilado el Rock.

En sus rondas desde el Polvorín hasta el Fondoelsaco, desde el Altoelcabro hasta el Altoelcerdo, desde la Candelaria hasta el Findelmundo, el Capitancito y Pedro eran testigos de cómo se despeñaba diariamente, en dirección del centro de la ciudad, aquel torrente furibundo de sones que, escuchados con detenimiento por banqueros y empresarios, había hecho llover sobre sus cabezas un verdadero aguacero de pavesas de pánico. "Sorpresas te da la vida, la vida te da sorpresas" cantaban los bongoseros de Ray, vacilando sus cachimbos de la Tanca a la Tetuán; "Ya cantan los ruiseñores, ya se acerca un nuevo día", soneaban impertérritos los congueros de Ismael, haciendo tronar sus cueros por la Ponce de León; "Qué pena me da tu caso, qué pena me da", congueaban los Mozambiques de Celia, ondeando sus seretas flamígeras por toda la Calle Cruz.

Candelario encontraba espantosa aquella música, pero no podía dejar de admirar el valor de sus ejecutantes. "Es como si los habitantes de los arrabales —le dijo a Pedro en una ocasión— hubiesen decidido enfrentarse a los leones cantando." Y, eufórico ante lo que veía, añadió que se alegraba de que sus compatriotas, si bien no tenían el valor de luchar por la independencia, en su música y en sus cantos sí se atrevieran a hacerlo. Pedro, a diferencia de Candelario, no tenía contra la Salsa ningún prejuicio estético, y disfrutaba de ella enormemente. Se alegraba de que, gracias a ella, los Soneros hubiesen encontrado una forma respetable de ganarse el pan. En efecto, la locura de la Salsa era tal que, pese a la letra intranquilizadora de aquellos sones, los conciertos les eran muy bien pagados. Los Soneros vendían infinidad de discos, cintas y grabaciones y, en todas partes eran aclamados como héroes.

A poco de comenzada aquella locura, Candelario recibió una llamada telefónica confidencial. En el Partido varios oficiales de alto rango se encontraban preocupados por el fenómeno de aquellos conciertos.

—Infiltrados entre las comparsas de Soneros se ocultan hoy algunos de los terroristas políticos más peligrosos para nuestro régimen —le dijo una voz ronca e impersonal—. ¿Me escucha, Candelario? ¿Entiende lo que le estoy diciendo? Y como resulta imposible determinar cuáles son terroristas y cuáles no, su primer deber de hoy en adelante será, como Jefe de los Misioneros, evitar que esos conciertos se sigan celebrando.

—Así que meta a los Soneros en cintura, si no quiere verse muy pronto, no solo destituido como Capitán, sino expulsado para siempre ignominiosamente de la tropa.

Candelario colgó molesto el receptor. Le parecía increíble que, bajo los pintorescos atuendos de los Salseros, se ocultasen elementos políticamente sediciosos. La Salsa, a más de esto, bien que grosera y de mal gusto (Candelario rehusaba considerarla música), era ya el modus vivendi de gran parte de la población y coartarla sería injusto, además de prácticamente imposible. Aquellos sentimientos de conmiseración, sin embargo, pasaron a segundo plano en cuanto Candelario consideró las consecuencias de rehusarse a poner en efecto aquella orden.

Él era, ante todo, un De la Valle, y ser destituido deshonorablemente de la tropa de los Misioneros significaría un escándalo de primera magnitud no sólo en su familia, sino en los círculos de la sociedad en los que estaba acostumbrado a codearse. Por otro lado, jamás se le había ocurrido que su vida pudiese transcurrir en otro mundo que no fuese el militar. La idea de verse preso en una jaula de acero y cristal como un ejecutivo mediocre más, dedicado a enriquecerse vendiendo y comprando acciones en la Bolsa de valores, como hacían tantos de sus amigos cuyos padres habían vendido sus tiendas, sus centrales o sus fábricas a los grandes consorcios norteamericanos, le repelía y le aterrorizaba a la vez.

Haciendo, por lo tanto, de tripas corazón, al día siguiente organizó varias expediciones punitivas a los arrabales durante las cuales los Misioneros tomaron presos a innumerables Soneros, aleccionándolos según los antiguos métodos saturnianos que él antes tanto había criticado. Llevado a cabo el propósito del Partido, y devueltos a sus tugurios los malhechores con las cabezas hendidas y las costillas rotas, el silencio volvió a reinar una vez más supremo a lo largo de los farallones embestidos por el Atlántico de la antigua capital de San Juan. Es posible que haya sido aquel silencio, que en sus rondas hacía sentir al Capitancito cada vez más como un verdugo, lo que lo llevó, en determinado momento, a embarcarse en una aventura diferente.

Candelario efectuaba sabatinamente, acompañado por

sus Misioneros, una serie de visitas a los cabarets y discotecas más exclusivas de la ciudad, para asegurarse de que la Salsa, como la mala hierba, no volviese a levantar cabeza en ellos. Había entrado aquella noche a Susana's, por cuyas estalagmitas de cristal de roca se descolgaban nocturnamente, al ritmo de Mick Jagger y de los Stones, algunos de los batracios más exóticos que había visto en su vida, y se acomodó en uno de los asientos más retirados, buscando la anonimia de las penumbras. Pedro, como solía hacerlo cada vez más a menudo, prefirió sentarse solo, ni con los Misioneros ni con él, en un lugar aparte. Hacía escasamente una semana había tomado lugar entre ellos un altercado penoso: en una visita reciente a Guanamí, el pueblo del cual ambos eran oriundos, los Misioneros se habían puesto las botas cazando Soneros por los tinglados de Villa Cañona y, al regresar con ellos a la Capital, Pedro le había pedido a Candelario que los pusiera en libertad. Entre los detenidos aquel día se encontraban su tío Monchín y tres primos suyos, quienes se habían unido recientemente a los Soneros como trompetista, baterista y conguero. "Son compuebleranos suyos, Capitán —le dijo genialmente, seguro de que Candelario los protegería—. Le aseguro que, si se han metido a músicos, no es para luchar por la independencia, sino para no morirse de hambre."

Candelario, sin embargo, se negó a complacerlo. Le había sido muy doloroso tener que adoptar aquella actitud disciplinaria con los Soneros, y a causa de ello, en las noches casi no lograba conciliar el sueño. Hacer una excepción de los parientes de Pedro, sin embargo, sólo lo haría sentirse peor. —Lo siento, camarada —le dijo palmeándole el hombro en conmiseración—. Pero en la Academia me enseñaron que la ley se aplica, sin excepción. —Y le prometió que, una vez pasada la madriza, les permitiría a sus parientes unirse a la banda militar, donde cambiarían la tompeta por un trombón de vara y los cueros por un tambor militar. Enfurecido con su amigo, Pedro le señaló que parecía mentira que los preceptos humanitarios que tanto había predicado no hubiesen sido más que un barniz, y que hubiese sido necesario, "rascar tan poco para que a él también le requintara lo salvaje". En los días subsiguientes Candelario, que de veras apreciaba a Pedro, intentó subsanar el agravio de la tralliza descargada sobre sus familiares, pero la relación entre los dos amigos ya no volvió a ser la misma.

Candelario ordenó un whisky en las rocas a una de las mozas vestidas de libélula que revoloteaban a su alrededor. Frente a él la muchitanguería punk, vestida con mahones Anne Klein y Paco Rabanne, vociferaba enloquecida. Una comparsa de Rockeros agitaba agresivamente sus guitarras electrónicas sobre la pist. de baile, doblándose agónicos sobre ellas como si sacudieran los cañones desengatillados de varias M16. Candelario escuchó de pronto una voz a sus espaldas.

—¿Y usted, amigo, qué prefiere, la Salsa o el Rock?

Se volvió en dirección a la oscuridad, y observó curiosamente a la joven. —Perdone, no escuché bien su pregunta. —El estrépito de los Rockeros había, en efecto, ahogado sus palabras, pero Candelario adivinó su sentido.

—Claro que la entendió. Pero seguramente prefiere el Rock. La Salsa no le gusta.

Rió con una risita pérfida, de cascabel tentador, y se deslizó a su lado en la mesa. Candelario no pudo evitar una mirada admirativa. La joven llevaba el cabello suelto sobre la espalda en una nube roja, y una camiseta color flama le apresaba los pechos sueltos. De primera intención pensó que era una Sonera, y se preguntó cómo habría entrado, a quién habría sobornado para llegar hasta allí. Luego, sin embargo, decidió que era demasiado blanca y demasiado joven; probablemente se trataba de una burguesita rebelde más, hija de padres ricos, posando atrevidamente de Sonera. Soltó frente a su rostro una pantalla azul de Lucky Strike.

—Todo es posible —dijo sonriéndole tristemente—. La barbarie contamina hoy hasta a los más cultos.

—Yo soy fanática de la Salsa, y no me importa que piense que soy bárbara.

—Santa Bárbara es la santa de los Misioneros, la guardiana del polvorín. Quizá eso fue lo que quise decir. Como tiene el pelo tan rojo, me hizo pensar en ella.

No sabía por qué le había contestado así, en aquel tono de halago. Se odió a sí mismo por tonto. La joven lo miró seria, evidentemente sorprendida por la cortesía.

Se aventuró a ofrecerle un cigarrillo, pero ella negó con la cabeza y se sacó del pecho su propio pitillo, delgado y blanco.

—No, gracias —dijo— prefiero mi propio pasto, como el Cordero de los Salmos.

—Capitán, ¿no es cierto? —añadió luego de fumar un rato en silencio. Lo dijo ladeando un poco la cabeza, mientras recorría juguetona, con la punta del dedo, la superficie reluciente de sus insignias—. ¿No le da vergüenza, siendo militar, tener a un Cordero manso como blasón de la patria?

Candelario se sonrojó y bebió un trago largo de whisky: —El Cordero es el símbolo de nuestro pueblo, porque hemos sido siempre amantes de la paz. Por eso nunca hemos tenido una guerra, porque somos ante todo un pueblo constitucionalista, defensor de los procesos de la ley.

Se sintió de pronto ridículo al pronunciar aquel discurso pomposo y se dispuso a levantarse de su asiento cuando sintió la rodilla de la joven, redonda y tibia, rozándole disimuladamente el muslo por debajo de la mesa. El perfume de la marijuana había comenzado a afectarlo y se dijo que mejor salían. Sacando un billete de la billetera, lo colocó junto al vaso. —Vamos —dijo— estaremos mejor afuera—.

Evadiendo las miradas de sus compañeros, sentados en

193

una mesa vecina, la tomó del brazo y la sacó a la calle. Se sentía irracionalmente molesto con ella. Durante los últimos días había tenido que aguantarle los malhumores a demasiadas gentes: a sus superiores que le ordenaban que protegiese a aquellos comerciantes y banqueros que él detestaba; a Pedro, que lo acusaba de haberlo traicionado en el cumplimiento de su deber como Misionero; a estos últimos, cuyos comentarios irónicos por su reciente mano fuerte ya no le era posible ignorar. Tenía ganas de desahogarse con alguien, de sentirse que tenía, a su vez, poder sobre un ser indefenso. De pronto, al cruzar la calle, se dio cuenta de que estaba apretando cruelmente el brazo de la joven.

—No sé si lo sabía —le dijo soltándola— pero la Salsa está definitivamente prohibida en la isla. Así que le aconsejo que no repita lo que me dijo ahí adentro, porque está jugando con fuego.

La joven lo miró asustada, sobándose el antebrazo, pero guardó silencio. Candelario la hizo a un lado y comenzó a caminar rápidamente, sin mirar hacia atrás, bajo los faroles de neón de la solitaria avenida. Hubiese dado cualquier cosa por encontrarse otra vez cruzando los campos esmeraldinos de su Academia, y pensó que se había equivocado trágicamente de siglo y de patria. Si se lo hubiesen preguntado, no hubiese sabido contestar qué era lo que estaba haciendo allí, en aquella ciudad que suscitaba en él sólo sentimientos violentos.

Había comenzado a llover y caminó un buen rato bajo la lluvia, antes de darse cuenta de que no estaba solo. La desconocida, arrebujada ahora bajo un chal escandaloso, de flores bordadas en colores chillones, lo había seguido hasta la puerta de su departamento. Al verla empapada de pies a cabeza pensó, absurdamente, que aquella agua helada los hermanaba en la desgracia.

—¿Quiere subir a secarse un momento? —le dijo con cortesía—. Le aseguro que no tiene por qué temer.

La joven le sonrió a su vez, como para tranquilizarlo:
—Muy agradecida, Capitan. Me preocupó verlo hace un rato tan triste, y por eso lo seguí hasta aquí.

Subieron juntos al departamento: una habitación monacal, desprovista enteramente de muebles y de muros destartalados y anónimos, decorados únicamente por retratos de Bach y de Schubert, así como por el diploma de North Point, enmarcado en sencillos listones áureos. Candelario encendió el tocacintas y sirvió dos pequeños vasos de brandy, mientras los primeros acordes de "La Creación" de Haydn invadían el ambiente del cuarto con su preludio de gloria. No sentía absolutamente ningún remordimiento por haber abandonado a Pedro y a los Misioneros, pero por otra parte tampoco sentía en aquel momento inclinaciones románticas. Se sorprendió cuando la joven comenzó a desvestirse frente a él, y se tendió por fin desnuda sobre su cafre de esparto. Había adivinado a medias su cuerpo en el cabaret, pero no estaba preparado para lo que veía: el centellar de aquella piel como un alba oscura, sobre la cual se desvanecían las dos enormes lunas de sus pechos. El espectáculo lo deslumbró: hacía tanto tiempo que sólo se le acercaban prostitutas de aliento acre, con las caras taladas por la desgracia. Con renuencia, casi con desgano, comenzó a desvestirse a su vez, para evitar que se sintiera rechazada. Se sentía, una vez más, tímido y apocado, y temió que, también en aquella ocasión, el disfrute elemental del cuerpo le fuese vedado por su Destino adverso. Pronto se dio cuenta de que se había equivocado. Bajo la sabiduría de las caricias de la desconocida, sintió que su voluntad férrea de militar se le derretía como una armadura helada. Al cabo de un rato contempló, sorprendido, su sexo, erguido por primera vez frente a él: enorme y paradigmático, le protuberaba de las profundidades del ser como el contrafoque misterioso de un navío. Terminado el episodio amoroso, dejó caer exhausto la cabeza sobre la almohada. Dio un suspiro de alivio y cerró los ojos; le pareció que su cuerpo había salido por fin de un vértigo sin fondo.

En los días subsiguientes, Candelario repitió varias veces la experiencia. La desconocida, a quien él había bautizado Bárbara porque ésta rehusaba revelarle su nombre, llegaba todas las tardes envuelta en una nube de perfume selvático, se fumaba un pitillo de marijuana en la cama, y proseguía a hacerlo sentir absolutamente feliz durante dos horas. Luego se levantaba, se vestía con despreocupación y se marchaba riendo, afueteando con desafío sobre los hombros su melena color flama. "Polvo eres y al polvo regresarás", le decía riendo antes de despedirse, asegurándole que era poderoso y hermoso como un ángel. En cuanto Bárbara se marchaba, sin embargo, Candelario se sentía corrupto, traidor, agonizante. Seguía ocupándose religiosamente de sus deberes militares, y les recitaba a sus Misioneros edificantes discursos sobre el honor, la dignidad y la gloria, pero como inmediatamente después se veía obligado a salir en aquellas comisiones sangrientas, en las que se exterminaba sin piedad a los Soneros indefensos, el corazón se le hacía cada vez más pequeño. Poco después de esto dejó de mirarse, por la mañana temprano, en su diminuto espejo de campaña, quizá porque temía, como el personaje de Wilde, ver reflejado en él el rostro de su alma.

Un día, luego de hacer el amor, Bárbara le hizo a Candelario una confesión inesperada. Era, en efecto, hija de padres ricos, y había nacido en un suburbio elegante de la ciudad. Se encontraba, como él, convencida de que el destino de su patria era no llegar jamás a ser libre, porque la independencia hundiría a la isla en un caos y en una ruina atroz.

—Precisamente por eso tu sangrienta cacería de Soneros me parece innecesaria y hasta peligrosa —le dijo. Es mentira que entre los Soneros se oculten terroristas políticos. El pueblo los venera precisamente porque son músicos pacíficos. Conozco tan bien como tú a nuestro pueblo, y pueden quitarles el sustento, el habla y hasta la bandera, y como el Cordero manso, todo lo soportaría. Pero si intentan quitarles la Salsa, que es su único desahogo, las cosas podrían cambiar.

Candelario encontró conmovedora la preocupación de Bárbara. La sinceridad con que le había hablado lo convenció de que, en efecto, lo quería. Era por su bien que insistía en que la cacería de Soneros constituía un error político garrafal. El Partido no permanecería para siempre en el poder; un día el pueblo podría muy bien votarle en contra, y los que vinieran después lo harían a él injustamente responsable por aquellos desmanes.

Poco después de esta conversación entre los amantes, se anunció en la Capital un gran concierto de Salsa, que desafiaría la orden de prohibición puesta en vigor contra los Soneros. Se esperaba que los Rockeros acudirían también aquella noche, y que ambas orquestas se empatarían en un duelo a muerte en el campo de lo musical. El concierto se prolongaría toda la noche, maculando las terrazas de los condominios más lujosos de la Capital con la constelación obscena de sus cantos. La enorme explanada sembrada de palmas reales que bordeaba la laguna, sobre la cual se reflejaban las aristas de acero de los edificios de veinte pisos, se prestaba idealmente para la celebración, y se esperaban comparsas de Soneros y Rockeros de toda la isla. Algunos días antes del concierto, Candelario recibió una segunda llamada oficial, que le dejó los nervios de punta: "Ahora es el momento de demostrar la efectividad de los modernos conocimientos marciales adquiridos en su Academia, —le dijo la misma voz ronca e indiferente—. Tenemos información confidencial de que esta vez los Soneros acudirán armados al concierto, y de que intentarán aniquilar a los Rockeros a la primera oportunidad. ¿Entiende, Candelario? Es absolutamente imprescindible que los Rockeros, apoyados por los Misioneros, ataquen primero, y acaben ya definitivamente con ellos." Candelario hizo un esfuerzo para que no le temblara la voz: "Sí, señor —le contestó— comprendo perfectamente. Se hará al pie de la letra como usted manda."

Aquella noche, sin embargo, Bárbara volvió a hablarle del asunto: "Permite que los Soneros participen en el concierto", le dijo. "Hazte, por esta vez, el de la vista larga." Al principio, temeroso de perder su puesto, Candelario se negó rotundamente a ello, pero luego pensó que aquella actitud timorata no era digna de un De la Valle. La represión de los Soneros era una represión injusta, que lo hacía sentir abochornado.

—Bien, te complaceré —le contestó en un tono de voz decidido—. No se diga en el futuro que fuimos un pueblo tan manso que, como carnero acogotado, hasta la música nos la dejamos quitar.

La noche antes del concierto Candelario le informó a Pedro su decisión, seguro de que, dada la simpatía que sentía por los Soneros, éste se encontraría de acuerdo.

—Alégrese, compatriota —le dijo— porque esta noche podremos todos disfrutar a gusto de la Salsa, sin que amigos y parientes queden sonados inmisericordemente. —Y le especificó que, como teniente de la tropa, sus órdenes eran mantener aquella noche a los Misioneros a raya, para que el concierto de Salsa y Rock pudiese celebrarse en paz.

Pedro, que se encontraba en aquel momento en el campo de tiro, ensayando para el asalto del próximo día, se acercó a Candelario cojeando lentamente y le pidió que le repitiera la orden. Creyó no haber escuchado bien, y dejó de engrasar el tambor de su Colt 45, para mirarlo fijamente a los ojos.

—No sé si se da cuenta, Capitán, pero lo que me está ordenando es algo muy serio. Le aconsejo que no lo tome a broma y que lo piense bien.

Candelario, que se encontraba divertido por la parsimonia de Pedro, soltó una risotada.

—Que dejes a los Soneros cantar, y sonear esta noche todo lo que quieran, Pedro. Los dirigentes del Partido no tienen por qué enterarse: perro que ladra no muerde, y el concierto del Puente del Agua será tan inofensivo como todos los demás.

Pedro se le quedó mirando asombrado. —Fue ella quien lo convenció, ¿no es cierto? La pelirroja de Susana's. Lo tiene cogido por los huevos, Capitán, yo conozco bien los síntomas. Ahora mismo lo prevengo: si de veras va a permitir que los Soneros participen, pásese de una vez a su bando. He verificado su récord y no es ninguna niñita bien posando de Sonera. Nació en el arrabal, y es una Sonera auténtica.

Candelario se le vino encima. Se quitó la chaqueta galoneada de insignias y desafió al teniente en plena práctica, cruzando desatinado la línea de fuego, de manera que varios Misioneros se vieron obligados a intervenir.

—Bárbara no tiene absolutamente nada que ver con los Soneros, y como vuelvas a insultarla te parto la cara en dos —le gritó enfurecido. Y para probarle hasta qué punto descreía de sus palabras, poniendo enteramente su confianza en su amada, le ordenó terminantemente que, para la misión de aquella noche, dejaran en sus casernas todo tipo de armas, porque por primera vez en mucho tiempo no iban a ejercer sus deberes de Centuriones del Orden, sino que se iban a divertir.

Algunas horas más tarde, cuando se derramó por las exclusivas veredas del Puente del Agua, sombreadas de palmas reales, la multitud de músicos, timbaleros, bongoseros, pianistas y trompetistas, los Misioneros del Partido los estaban esperando. Apoyados contra los andamios de las tarimas de las orquestas, o guarecidos bajo los toldos multicolores de los chinchorros de morcillas, empanadillas y otras fritangas, observaban intranquilos a Soneros y Rockeros por igual, acariciando, ocultos en los bolsillos de los pantalones o embaquetados expertamente bajo los sobacos para que Candelario no se diera cuenta de que los habían traído, los cojones herniados de sus cachiporras y los hocicos achatados de sus Magnums. Ciscados por los sucesos recientes no se fiaban ya de Candelario y habían puesto por completo su fe en el liderato de Pedro. En el ambiente caldeado de la música, así como en las emanaciones acres de los músicos, husmeaban una inequívoca señal de peligro.

Alto y gallardo, con la visera de charol entornada sobre los ojos, Candelario se desplazó sonriendo por entre la muchedumbre, saludando a todo el mundo y dejándose reconocer sin temor por los Soneros. No pensó en absoluto en el riesgo que corría. Quería que todo el mundo supiera que aquel Festival de Salsa y Rock se celebraba gracias a él, y que él también albergaba, cuando de su pueblo se trataba, sueños imposibles y heroicos. Hacía ya bastante rato que no lograba situar a Pedro ni a Bárbara, quienes parecían haberse esfumado de su lado, arropados por aquel mar de seretas flamígeras que se agitaba enfurecido a su alrededor, y se sentía ya algo intranquilo por ello.

Cansado de la barahúnda de acosos, remeneos y culipandeos que restallaban a su alrededor, se alejó un poco de la explanada de palmas y caminó en dirección del Puente de Agua. Agradeciendo el silencio, apoyó los codos sobre la balaustrada y respiró profundamente, dejando perder la mirada en la oscuridad. Escuchó en aquel momento una voz conocida, un breve cascabeleo tentador que se agitó a sus espaldas.

—¿Y usted, Capitán, cuál música prefiere, la Salsa o el Rock?

Se volvió hacia ella con alivio, y vio con sorpresa que no estaba sola, que se encontraba rodeada por una comparsa de hombres armados hasta los dientes, entre los cuales se encontraban Pedro, su tío Monchín y sus primos.

Estos últimos empujaban la silla de ruedas, en la cual iba sentado un anciano impresionante, manco de brazos y piernas y vestido, como ellos, de mahón y camiseta color flama, con el pecho tachonado de condecoraciones de guerra.

—No ha contestado mi pregunta —repitió entonces Bárbara y, volviéndose hacia Pedro, lo abrazó riendo por la cintura, como si compartiera con él una broma—. No creo que ahora ya nunca la conteste.

Candelario cayó por fin en cuenta de lo que sucedía. Los miró con tristeza, casi sin ningún reproche, y guardó absoluto silencio. —Lo siento, compueblano —añadió Pedro—, pero con tus indecisiones no íbamos a llegar nunca a nada. Al menos te quedará el consuelo de saber que tu pueblo no era tan manso como parecía.

Vio que los Misioneros se encontraban cerca y que todavía podía salvarse; dar, inesperadamente, la voz de alarma, pero no lo hizo. Situó en la oscuridad el brillo del rejón, que relumbraba en la mano de Pedro, para saber de cuál lado anticipar el golpe, y siguió mirando el mar con un desdén tan grande que pudo ser humildad. Por primera vez en mucho tiempo volvió a sentir el alma cincelada en plomo de soldado.

—¿Qué cuál música prefiero? —dijo volviendo la espalda—. Ni la Salsa ni el Rock. Prefiero la música clásica.

NOTAS FINALES

1. *José Gautier Benítez,* el poeta romántico por excelencia de las letras puertorriqueñas, nació en 1851 y murió a los treinta años, de tuberculosis, en 1880. Es el autor del *Canto a Puerto Rico,* poema en el cual por primera vez se describe el paisaje de la isla. Gautier fue también un periodista combativo y mordaz, que luchó por la independencia de la isla bajo la colonia española. Gautier estudió en España, en una academia militar, y su familia pertenecía a la clase hacendada de la época.

2. *Juan Morel Campos* nació en Ponce, pueblo costero al sur de la isla de Puerto Rico, en 1857, y murió en 1896. Fue discípulo de Manuel Tavárez y más tarde ingresó como bombardino solista en la Banda del Batallón de Cazadores de Madrid, donde aprendió instrumentación y dirección. Al terminar su contrato militar, organizó su propia orquesta de baile, y muy pronto sus composiciones comenzaron a darle fama. Morel transformó la sencilla habanera en danza de salón, retirándola de sus orígenes populares y dándole una extraordinaria complejidad rítmica y armónica. Entre sus danzas más famosas se encuentran *Maldito Amor, Laura y Georgina, Ten piedad, Mis penas, Alma sublime, Vano empeño, Felices días,* y *No me toques.* Morel Campos era negro y de origen humilde, fue en gran medida autodidacta. Fue el primer compositor puertorriqueño en utilizar el elemento negroide en sus composiciones, como por ejemplo, los complejos ritmos de marumba y guaracha, que injerta en los tríos de *La majabaca* y *La conga.*

3. *Ley de las quinientas cuerdas (o acres), conocida también como la Ley de Tierras de Puerto Rico de Abril 12 de 1941:*
   "La Asamblea Legislativa de Puerto Rico, por la presente declaración y por la instrumentación de esta Ley, declara que la tierra de Puerto Rico ha de ser considerada como fuente de vida, de dignidad y de libertad económica para los hombres y mujeres que la trabajan, y se declara que es la política de El Pueblo de Puerto Rico que finalmente cada persona que trabaja la tierra sea dueña de esa tierra que le sostiene.
   Puerto Rico tiene un área total de 3,435 millas cuadradas, equivalentes a 2,198,400 acres, de los cuales 1,222,248 son de tierra labrantía. La población de la Isla en 1898, cuando Puerto

Rico fue cedido a los Estados Unidos, era de 953,243 personas. El área total dedicada al cultivo de la caña de azúcar era en aquel tiempo 70,000 acres. Los debates del Congreso en el año 1900, mientras se discutía la Carta Orgánica (Ley Foraker), para proveer un gobierno civil para Puerto Rico, demuestran la previsión de aquellos miembros del Congreso que expresaron sus temores de que el comercio libre entre Puerto Rico y Estados Unidos haría de la Isla un sitio demasiado atractivo para la inversión de grandes capitales en azúcar y tabaco, con el resultado probable de que quedaría la mayor parte, si no la totalidad de la tierra labrantía, bajo la propiedad y control de los *trusts* del azúcar y del tabaco. Este temor se intensificó cuando en el año anterior, en 1899, la Isla fue devastada por un ciclón, con la consiguiente pérdida de la cosecha, y la depreciación e hipoteca de sus mejores tierras. Para prevenir el desarrollo de un monopolio agrario que se adueñara y controlara los mejores terrenos de esta pequeña Isla tan densamente poblada, y que eventualmente convirtiera la Isla en una enorme fábrica de azúcar, operada por un proletariado medio esclavo, y para fomentar el fraccionamiento de la Isla en pequeñas parcelas operadas y controladas por sus dueños, el Congreso aprobó la Resolución Conjunta Núm. 23, el primero de Mayo de 1900.

Según tiene declarado el Tribunal Supremo de Puerto Rico respecto al problema de la tierra en esta Isla, 'los parlamentos han considerado su deber el proteger a sus súbditos y a sus ciudadanos contra los atentados por parte de las grandes combinaciones de capital para monopolizar las tierras propias para el labrantío, que son la base de la riqueza de cualquier comunidad'.

Ha declarado asimismo el Tribunal Supremo de Puerto Rico que la 'sabiduría y la previsión de los patrocinadores de la política agraria insular entrañada en la ley federal que limita la tenencia corporativa de tierras a 500 acres, han sido demostradas por acontecimientos posteriores. Puerto Rico, que atrajo la atención del Congreso en 1900 por la densidad de su población, desde entonces ha visto casi duplicado el número de sus habitantes, el censo de 1935 llevado a cabo por la Administración de Reconstrucción de Puerto Rico, una agencia federal, demostrando que la Isla tenía en esa fecha una población de 1,723,534 habitantes, o sea un promedio de 501 personas por milla cuadrada: que 72.3 por ciento de esta población vive en la zona rural y depende enteramente de la actividad agrícola para su subsistencia; que la Isla tiene como promedio algo menos de un acre cuadrado de tierra de labrantío por habitante en la zona rural; que 251,000 acres, o sea la quinta parte de toda la tierra propia para la agricultura, se emplean para la producción de caña de azúcar; que no menos de 196,757 acres, o sea un poco menos del 70 por ciento del área total sembrada para la producción de la caña de azúcar, es de la propiedad de, o está controlada por, compañías que a su vez están controladas casi exclusivamente por accionistas ausentes; que las compañías así organizadas y controladas manufacturan, normalmente, el 59 por ciento del total del azúcar producida en la Isla, controlando por tanto casi el 40 por ciento del total de la riqueza agrícola insular, y que durante la década de 1930 a 1940 el número de acres combinados de todos los fondos administrados por sus dueños decreció en 318,323 acres, mientras que el número total de acres operados por administraciones extrañas aumentó 325,425 acres. Y añade el Tribunal Supremo de Puerto Rico: la existencia de grandes fundos de terrenos en un pequeño país agrícola, anormalmente superpoblado y sin otras industrias que aquellas necesarias para la preparación de productos agrícolas para el mercado, es contraria al bienestar económico de sus habitantes .

Respecto al estatuto federal que limita a 500 el número de acres que podrán poseer en Puerto Rico las corporaciones que se dediquen a la agricultura, ha declarado el Tribunal Supremo de esta Isla que: 'el fin que persigue el estatuto es impedir el acaparamiento de las tierras laborables de esta pequeña Isla de 3,435 millas cuadradas, por un pequeño número de corporaciones y proteger su población de 1,700,000 almas contra un monopolio que acabaría por convertirles en meros siervos de una gran factoría azucarera'.

Es de conocimiento general que la mayor parte de las mejores tierras de labrantío de la Isla está dominada por unas pocas sociedades y corporaciones y por un contado número de personas naturales. La vida de cientos de miles de seres humanos, en sus aspectos social, moral y político, depende en gran parte de las entidades que monopolizan la tierra. El poderío económico de estas entidades amenaza con dominar el poderío político del pueblo, así tiende a trocar lo que debe ser pura democracia en una plutocracia de acusado carácter feudal.

El latifundio azucarero ha extendido sus tentáculos dentro de la vasta zona de sus dominios, a la explotación de establecimientos comerciales e industriales, tiendas de provisiones y mercancías secas; ha limitado la circulación del dinero, ha ocasionado el aniquilamiento de la vida comunal de muchos centros urbanos, y le hace imposible a miles de seres humanos ni siquiera ser dueños del pedazo de tierra donde tienen enclavado su hogar, con el consiguiente desequilibrio de la estructura económica de la Isla y con grave amenaza para la paz, el sosiego, la prosperidad y la dignidad y la libertad económica y social del pueblo de Puerto Rico'.

4. La Ley de las quinientas cuerdas, citada anteriormente, no fue nunca efectiva en Puerto Rico. Las corporaciones transfirieron sus tierras a título personal, a nombre de sus accionistas individuales, y la devastadora situación del pueblo de Puerto Rico siguó siendo la que se describe en este documento hasta los años cincuenta. La industrialización posterior de la Isla y el aumento del salario mínimo tuvo como consecuencia la eventual ruina de la industria azucarera, que para los años 60, en que toma lugar el relato de "Isolda en el espejo", se encontraba ya en vías dc desaparición. Para una comprensión más clara de los sucesos históricos de la Isla, en relación al florecimiento y eventual desintegración de la industria azucarera, véase: *Del cañaveral a la fábrica*, de Eduardo Rivera Medina y Rafael L. Ramírez, Editorial Huracán, Puerto Rico; *¡Huelga en la Caña, taller de información política!*, Editorial Huracán, Puerto Rico; *Desafío y solidaridad*, de Gervasio L. García y A.G. Quintero, Editorial Huracán, Puerto Rico.

ÍNDICE

I. Maldito amor 7

    I. Guamaní 9

    II. Las bodas 11

    III. La consulta 18

    IV. El desengaño 30

    V. La confesión 38

    VI. El rescate 52

    VII. El juramento 61

    VIII. Homenaje a Morel Campos 74

II. El regalo 81

III. Isolda en el espejo 115

IV. La extraña muerte del capitancito Candelario . . 167

Notas finales 203

IMPRESO Y HECHO EN MÉXICO
PRINTED AND MADE IN MEXICO

IMPRESO EN LOS TALLERES DE
OFFSET LIBRA
AV. JUÁREZ NO. 18
COL. IZTACALCO, C.P. 08830
MÉXICO, D.F.

EDICIÓN DE 4000 EJEMPLARES
18-IV-86